梅·萨藤作品

May
Sarton

独居日记

[美国]梅·萨藤／著
杨国华／译

译林出版社

1970年9月15日

就从这里开始。外面正在下雨。我望着枫树，有几片叶子已呈黄色。鹦鹉庞鸥在自言自语，雨水轻轻地敲打着窗子。几周以来我第一次独处，又拾起了我真正的生活。说来也奇怪，朋友、热恋都不是我真正的生活，唯有独处，在这独处中探究、发现正在发生或已经发生了的才是我真正的生活。缺少干扰、没有关心和气恼，生活会变得乏味。然而，只有当我独处，环视这屋子，重温旧时和它的谈话，我才充分品尝到生活的滋味。

桌子上有几枝粉红色的小玫瑰花。奇怪，秋天的玫瑰花看上去常显得悲哀，凋谢得早，花瓣边缘会显出冻伤的颜色，而这些玫瑰花却粉红得可爱、鲜亮，令人咏叹。壁炉台上，日本花瓶里，两枝白色的百合花弯曲折回，栗色的花粉粘附在花蕊里，一堆芍药叶变成了奇怪的棕粉红色。这束花很优雅，日本人管它叫“shibui”（优雅）。独处时花才显得可见，我可以留意它们，感到它们的存在。没有花，我不能生存。为什么这样说？部分原因是它们在我眼前变化着，它们的生存只有几天，这使我与过程、成长、消亡紧密联系着。在它们的运动中我飘浮着。

周围的气氛是协调而美丽的。这也使我再次独处时感到恐惧。我感到一种不适。我开创了一片天地，一片冥想的天地，我能在这里找到自己吗？

写日记是一种方法。长期以来，与另一个人的每一次会面都是一种冲突。我感觉太多，太敏感。甚至最简单的谈话，我都会回味得精疲力竭。而最厉害的一次冲突一直使我不能自拔，折磨他人，也折磨自己。我所作的每首诗，写的每本书，都是为了一个目的——寻觅自己的思想，了解自己所处的位置。我所发现的并不能使我改变。我像一台不胜任的机器，在关键时出了故障，戛然而止："不行了！"或者更糟，迁怒于有些无辜之人。

《种梦根深》的出版让我结交了许多朋友。人们喜爱这本书，因而称我是一位亲密的朋友，这就比较难以作复。我开始无意中认识到这本书造成了一种错觉。我这里生活中的痛苦，因它而起的恼怒，很难提到。但愿现在我能穿破岩层，进入最底层，那里狂啸怒吼永不止息。我独身自处，大概不为什么，为的是我是一个不可救药的人，一种脾气让我离群索居。这种脾气，我本来可以利用，可从来也没有学会去利用。一句话、一个眼神、一个阴雨天，或者贪杯太多都会影响我的情绪。我需要孤独，同时又有一种恐惧。突然进入一种巨大的空虚寂寞中，如果找不到支撑，不知道情况会怎么样。心情变幻无常，早晨起来后是天堂，一小时后就到了地狱。保持生机的唯一方式是强使自己遵循常规。我写信过多，作诗太少。表面上这里也许是沉默的，但在我内心深处却是人的呼喊，充满了太多的需求、希望和担忧。每次坐下来，“还没做”“还没送走”总缠绕着我。我常感到疲倦，但不是因工作而起（工作是一种休息），而是在满怀朝气与热情工作之前，努力排除他人生活与需求所引起的。

9月17日

内心世界又裂开来。写不了几张就又陷入沮丧中。天气也不帮忙，乌云笼罩阴雨连绵了两天。我痛快淋漓地哭了一场。这恸哭是由于失望、压抑的愤怒自然而来的。昨日醒来心情如此低沉以至于到八点以后才起身。

开车到唯一神教派的新教堂朗读诗歌。教堂坐落在布拉特伯罗。一路上心情厌倦又有些惧怕。如何去唤起活力？我准备了一些宗教诗歌，是从早期到还未出版的书中选来的。我觉得情况还可以，至少没出现什么灾难。然而我有一种感觉（也许我错了），那些聪明善良的人们聚集在一间大屋子里，望着窗外的松树，实际上他们并非在想上帝，想他的灵的出现与灵的隐退（许多诗歌都提到这一点）。不论哪种情况都令人发怵。

回来的路上探望了珀里·科尔。他是我亲密的老朋友，快不行了。他与妻子分居，前不久才从狄更斯养老院被送到一所看上去好得多的养老院。他身体的轮廓一天天清晰可见，只剩一副或者说接近一副骨架了。握着他的手，我都担心骨头会折断。然而我们现在真正的交流也只能是握手相拍了（他的听力已不行）。我想抱起他，像抱婴孩一样抱起他。他在可怕的孤独中面临着死亡。每次见到他，他都会说："太难了"，或者是"没想到就这样完了"。

环顾周围这片地方，随处可见他的足迹：他修整的那棵小树靠着一块花岗岩石，处在整个牧场的中心。为我而开的那块阴凉地是他在这里工作的最后几天里完成的。修整出来的石墙把我的住地与教堂隔开来。再过来是一片灌木丛。从石头墙到灌木丛这块地他一年要修剪清理两次。现在这片灌木丛又是杂草丛生了。这些事都要一遍又一遍地做，需要珀里这样顽强的人。我自己是从来不敢想象能做这些事的。我们共同珍惜这块地方，共同努力使这块地方看上去和谐美丽。

我可以想见，珀里在这里最后的工作在某种程度上是轻松的。和他在农庄时的艰辛相比，这里的工作像一种游戏。在这游戏中，他充分施展了他的专业技能。对于我的无知他是那样喜欢取笑！

他割铲修剪时，某种程度上我也在桌前劳作着。我们彼此对这种相伴心照不宣。如果我有时间去他那里逗留的话，中午时间便成了我们互相期盼的时刻。他坐在厨房里的高脚凳上，和我一起饮一两杯雪莉酒，说道“话归正题”，然后讲给我听他一上午都在杜撰的、令人难以相信的故事。

我们之间的关系很奇怪。他对我的生活实际上几乎一无所知。然而通过所有的交谈，我们认识到彼此是一类人。他喜欢我发脾气正如我喜欢他发脾气一样。也许这只是部分原因。更深刻的是一种理解，而不仅仅是本质相似。甚至在这最后的艰难孤独的死亡时刻，他仍然保持着格外的尊严。我希望有什么办法能使这个过程变得容易一些。不忍心他就这样死去，我怀着苦涩怨恨的心情离开了他。“我知道，但我不去改进，也不屈从。”

收到一封十二岁孩子写的附着诗歌的信。她母亲催促她征求我的意见。这孩子的确有些慧根，是可以指点一下的。但麻烦的是现在有许多人还没学会一门艺术，就期待得到称赞、认同。即刻成功是时下的规律:“我现在就要!”我不知道这是不是机器引起的腐败后果。机器做事迅速，超越平常生活节奏。如果开车第一下启动不灵的话，我们便会发脾气。现在我们仍然能做的事情，像烹调(尽管有冷冻快餐)，编织，种花弄草，总之任何不能仓促而办的事情已所剩无几。而这些事情是具有特殊价值的。

9月18日

隐居的价值——价值之一——当然是没有什么东西可以缓冲内在的冲击，正如没有什么可以协调特殊情况下的紧张与压抑。热心的阿诺德·迈纳来倒垃圾，与他片刻的闲聊或许使内心的风暴多少平静一些。但是风暴，痛苦得正如此时一样，大概有它自身的真谛。所以有些时候，你只得忍受一段压抑的时间。如果你能熬过这段时间，留心它的袒露与需求，你会得到一种启迪。

对付抑郁的过程和抑郁的原因相比，前者更会让人感兴趣，这过程纯粹是为了活着罢了。今天早晨四点醒来，心境恶劣地躺在床上大约有一小时。天又在下雨。最终起来后，着手一些日常家务，期待着灰暗的心情能过去。能起作用的就是浇花。转瞬之间感到一种喜悦。原因是我在满足一种简单的需求，一种活着的需求。掸灰扫尘从来没有这种效果（这大概是我为什么不擅于管家的原因）。然而，给饥饿的猫添置食物，给鹦鹉加上清水，顿时使我感到平静满足。

我知道不论哪种宁静都存在于自然界中。存在于我感到自己是她的一部分，哪怕是一种不起眼的存在。大概沃纳家的欢愉、明智正是由于这一点，他们的工作随时都在接近自然。有那么简单吗？并非如此简单。他们的生活需要一种耐心、理解、想象和力量去忍受不时出现的困境，比方说天气！随自然力而行，不与之抗衡。旺盛的活力召唤回每一天，每一天都是如此。喂牲畜，清理槽圈，使那个复杂的世界得以存活。

9月19日

太阳出来了。它从雾中升起，草坪上的露珠在阳光下闪烁着。天空蔚蓝，微风和煦，我刚完成了一个奇迹——在那间舒适房间里的威尼斯玻璃杯内插了两大株秋天的藏红花，外加一枝粉红的菊花，一片银白色的叶子——名字我忘了。但愿这是新的一天吉祥的开始。

精神性的抑郁令人百无聊赖。它总是重复，像一个轮子一样转去又来，周而复始。昨日读着修女玛丽·大卫的来信时这轮子暂时停下来。她选择在南卡罗来纳州一座小城里工作，在一家合作商店当经理。她的来信常使我知晓正在发生的一些事，让我吃惊，同时也使我认识到一个人都能做些什么。“就这样，”玛丽·大卫写道，“我当然是大部分时间在商店工作。然而，我确实发现在这个州有越来越多的绝望家庭。人们受挫、孤独、生病、无依无靠。有一天，我带着一位老人买东西。他家里吃的东西已尽，不知什么缘故，他三个月没有收到他的养老金支票。他买了一些必需品，需要十美元六美分。我搜空了腰包，正好是十美元六美分！这样说来，仁慈的上帝总伴随着我。有许多事都是不可思议的。还有一天，一位老妇人冒雨在一家旧货店外面等着我，要我和一个企图自杀的男孩谈谈。男孩的父亲和继母把他撵出了家门，他缺衣少食，无处可去。现在情况比较好了，我给他买了些衣服和一张折叠床，他的老祖母让他住在她破旧的小木屋里。我和他保持着联系，昨天还给他买了顿午餐。这些人似乎随处可见，多得很，当中有些人危急过后就不见了。”

寄走一张支票后我感到一阵轻松。我明白那张支票会立刻兑换成一种帮助。天知道我们对慈善机构都感到厌倦。厌倦于同样一家机构一周来请求三次，尤其是那两周前才寄给它一张支票的机构。电脑把我们作为捐赠或者被捐赠者列在名单里储存了起来。这和修女玛丽·大卫的直接人道行为相比显得贫瘠。修女会没有派她到那里，是她在一个暑假计划中自行决定，某种程度上也得到了允许留在那里的。这一定是慈善修女会的传统。

在这艰难的岁月里，最有希望的标志，也是唯一的标志，是不知多少人破石而出，勇于探求的创业精神。此刻我想起了盖奇医生。他在南卡罗来纳一个叫博福特的地方行医，只身一人给黑人看病。不管他的结局是多么悲惨，他确实使那里的饥荒引起了国会和美国人民的关注。我们不得不承认，一个人的创造力量能移动一座山。麦卡锡的巨大功绩在于他在政界证明了这一点。我们支持他是因为我们相信政治会表达人们的声音。悲惨的是人的自身缺陷——麦卡锡的虚荣，盖奇的吸毒——会毁了一切。我们可以，几乎可以做任何事情，然而要做到任何事情都需要稳重、豁达和谦逊，当然还有耐心。艺术是这样，其他任何事情也是如此。

如此说来……还是工作。工作不是没有道理的。我不会直接投身于那些活动（除了偶尔教书），然而我时常意识到，自己的工作看上去奇特，却能帮到人们。只是在纳尔逊的最近几年内我才对这一点确信不疑。

9月21日

昨天是珀里·科尔的生日。下午我去探望了他，送给他一套睡衣作为生日礼物。这次我们能多少交谈一点。由于换了一个新地方，他极不适应，虽然对外人来说，这地方比他原来住的那恐怖的地方条件改善了很多。他原来住的地方是一处陷在庄田里的破旧农屋。那里人情淡薄，虚伪。年老体弱的孤寡老人常被子女遗弃，活埋于地下。然而珀里的根在那里，他必须保持自我意识。现在他这根被拔得远离那片土地，还能坚持多久？他的双手筋骨分明，只有那双眼睛，那犀利的目光表达着他嘴里说不出的话，表明他仍然是珀里·科尔。

昨日踏上悲哀的征途前，瞧见两位年迈夫妇站在草坪外，向山坡下走了一段又折了回来，显然在期待着我出来。我出来了。看得出他们已来过不止一次，是《种梦根深》和其他诗的爱好者。原来是夏洛蒂和阿尔伯特·奥帕乐。他们是希特勒政治逃亡者，起先在这里，后来被麦克阿瑟送到日本。阿尔伯特是法律专家，帮助起草了日本新宪法。无疑他们认识伊丽莎白·韦宁[1]。这些日子我正在为《时报》校对她的自传。可我近乎噙泪向他们诉说我的抑郁沮丧又为的是什么？对陌生人诉说这些未免显得荒唐可笑。大概我像动物一样在栖息处受到了惊吓。一下午都在伏案书写，内心从里到外都敞开着，对他们的如此善良理解没有准备。此时内在的人与外在的人都是一致的，这是我所企望的。但这并没有减弱我的难堪。

在我的旧日记中我找到了这一段——汉弗莱·特里维廉评论歌德的文章："如果一个伟大的艺术家直到生命的尽头仍然保持着创造力，双重性格对他来说是必要的；他要对生活保持异常的敏感，他必须对生活永不满足，必须对不可能的事永远有一种执著，一旦得不到，他定会绝望。他必须

1　伊丽莎白·韦宁（1902—1999），美国图书馆管理员，作家，曾辅导尚为王储的明仁天皇学习英语。

昼夜有一种不可名状的负担，在赤裸的不可弥补的事实面前他必须颤抖。这种神圣的不满足、不安稳，这种内在的冲动是艺术创造的来源。许多不成功的诗人只在年轻时拥有它。甚至有些伟大的诗人在中年时就丧失了它。华兹华斯失去了面对绝望的勇气，而正是绝望使他的诗富有魅力。但更多的时候，内在的骚动不安如此有力，在一个人未达到成熟前就已被它摧毁。”

艺术一定要来自不安？几个月前我还在梦想着愉快的工作，一本滋生于爱情硕果的诗集。现在我又回到老路上了。也许这是一种健康的标志，而不是病态的表现，谁知道呢？

珀里·科尔昨晚去世了。三点半时我去看他，他处在半昏迷状态中。没有惊动他，只在他床边站了片刻。六点钟养老院打来电话说他已不省人事。一小时后再打电话去时，他已被救护车送往基恩医院了（为什么不让他死在养老院？）。住在好几英里以外查理斯城他的小女儿玛丽告诉我他死在救护车里。没有什么仪式，尸体被孤单地运到坎布里奇火葬场火化。骨灰将撒在希尔司伯若墓地里。由于他妻子长年患病，他与她已分离好多年。这是我见过的最孤独的临终和死亡。在这最后的几个月里，他不止一次地说过：“没想到就这样完了。”

一个人怎么能接受这种死亡？我们会怎么去想，当人们被铲走，正如一生的辛劳、尊严、自爱像一个旧啤酒罐一样被抛弃？

他教会了我许多东西。他稳重缓慢的工作风格使我学会了耐心——“从容不迫”。他对小事情显示出无微不至的关照。割草后，他跪下去整理树底周围。他这样做并不是为我，而是他自有做好一件事情的标准——他一定知道有一半时间我对那“做好一件事”所付出的并不理解。我爱他，爱他那性格中的桀骜不驯。这桀骜不驯可以使他在内心发生争执时扔下工具，扬长而去。他的生活充满了强烈的戏剧性，也许正是这一点使他与众不同。早在很久以前，我们就深知我们是一类人：多情、任性、骄傲。我在《认同》[1]这首诗的结尾提到这一点。现在回忆起来，往事如昔：

珀里说:“该死”——还有比这更甚。
听着他,我不由肃然起敬。
这就是你的朋友？人们问,
是的(该死！),这肯定的回答永无止境。
布兰库西的游戏与他的雕塑一样使人领悟,
而珀里的诅咒有如教徒的祈祷。

忘记一切,站稳脚跟吧,我的孩子,
赞美艺术家直到深渊结冰,
他属世上稀有之人,
挥舞大镰,身备武器,

1　出自诗集《私人神话》。——作者注

满怀技艺与欢欣，
修理、清除、扶植，不畏艰辛，
年迈之人充满了精明。
田野里，望着他穿行，
我领悟到他那温柔沸腾的血液，
那不耐烦中的耐心。如果有可能，
我会称他——那割草的为我的族亲，
他是我不幸时的幸运。

“事情本来如此！”他总是这样说。

9月25日

昨日在前院的草坪上采了一些蘑菇，又给米尔德蕾德摘了一杯山莓。树叶飘落得很快，目前颜色还浅，灿烂的十月尚未来到。眼下空气闷热，潮湿，窒息。

9月28日

太阳出来了。醒来后一片迷人的晨雾，蜘蛛网上缀满了露珠。翠菊在遭受雨打后显得颓丧，大波斯菊看上去也屡遭袭击。这些日子人们开始留心五彩的叶子，对花的逐一凋谢还不至于有太多的伤感。

米尔德蕾德正在清扫。自她第一次来这儿起，这些年来她总是那样安静、幽默、脱俗。这里的一切都承蒙着她的关照。隐居有了动静，但却没有受到干扰。意识到她敏感的手在忙着掸尘整理，我坐在桌前工作反而更高效。十点钟时我们坐下来喝咖啡，聊聊天，却从来不是说闲话。她告诉我今天她在后窗外的苦樱桃丛里看到一个圆极了的蜘蛛网，缀在上面的露珠熠熠发光。我和她共同经历了许多悲哀喜乐，相互的交谈使这些经历细致地交织在一起。

我这个人任性，很难与人相处得来。对于狂妄、自命不凡、轻率浅薄极不容忍，常像斗架的公鸡怒不可遏。我讨厌粗俗的灵魂，痛恨无谓的闲聊。为什么？大概此时与任何一个人的接触对我来说都是一种冲突。这代价是昂贵的，我不愿浪费自己的时间。而户外活动，甚至躺下来休息一两个小时对我来说决不是什么浪费时间。正是在这种时候，我的想象开始浮现，也是在这种时候我安排自己的工作计划。但是，接待纯属为了社交而来的人却是一种时间的浪费。我愿意竭力寻找真正的人，如果不成，我自然会烦躁不安。浪费时间是一种慢性自杀。

这就是为什么纳尔逊比较适合我的缘故。这里的邻居们从不虚伪，很少自命不凡；他们的粗俗尽管有，也是朴实健康的。沃纳家、米尔德蕾德、阿诺德·迈纳这些人从来不会使我厌倦，正如真正受过良好教育、有思想的人（此地少得可怜）从不令人厌倦一样——海伦·米尔班克的偶尔来访会使我的室内生辉。他们当中真正最亲密的要算是安妮·伍德森、K.马丁，或是埃莉诺·布莱尔这些真正的老朋友，与他们的交谈馨香愉悦，是一种对生活认同的分享。埃莉诺这个周末刚好在这里。我们外出到康涅狄格河谷地里野餐，妙极了。把毯子铺在一处树林边的阴凉地里，我们贪婪地领略着那朦胧的小山群，那远阔的空间，还有那条带有十九世纪色彩的河流，度过了天堂般的一小时。整个景致像是一幅版画，原因在于那条河流不通航，几百年来河岸甚至都不曾改变过。我们周围，秋天的昆虫啁鸣着。回来的路上，埃莉诺指给我看一只鲜绿得出奇、长着长翼的像蚂蚱一样的昆虫。后来她采了两枝缀满红果的伏牛花，此刻这两枝伏牛花娇美地插在壁炉台上的日本花瓶里。

然而，接待客人，准备食物，对我似乎是一种负担，原因是我现在如此抑郁。抑郁正以一种可怕的方式啃噬着我的精力。当然做这些事对我是有好处的。在一只茄子里，我塞满了火腿和蘑菇；这道菜很好，埃莉诺还没吃过。皱皮的紫茄立在一只盆里，周围是一些红薯，瞧上去威风凛凛。

所有这一切愉悦到头来都被我的疲倦和萎谢的花被人指出来而引起的恼怒搞糟了。我特有的不可理喻的脾气又爆发了。昨天我一定喊叫得太过分以至于今天嗓子都哑了。真是罪有应得。我感到虚弱，说不出话来，发出的声音嘶哑不堪。发泄怒气是具有破坏性的，来时歇斯底里，过后又被懊悔缠绕着。那些了解和爱我的人把这作为我的一部分而接受，然而我知道这是不可容忍的。我得想法解决这个问题，学会防止发脾气，像个患癫痫病的人学会用药来防止发作。有时我感到，在怒气和我生活之间有一场拉奥孔[1]搏斗，自我出生起，怒气就像巫妖一样控制着我，随着这次龌龊的行为，在这场自毁性的抑郁中，不是它最后战胜我就是我最后征服它。

有时我在想，脾气的歇斯底里像巨大的反向创造力，由于过满而溢出，而不是什么苦恼、不顺利积累多了，需要发泄，因一些不相干的琐事而引发出来。从婴孩时候起，我就有歇斯底里症。记得在沃默尔海姆时，我只有两岁。一个阴雨的冬日，我穿着白色的皮衣跟大人外出，被一家商店橱窗里的一缸金鱼迷住了。我执意要得到它，当我听到“不行”时，我猛地滚在地上，整个人和白皮衣滚进了一片泥潭里。这种突发的脾气使父母不安。经医生建议，此事再发生时，他们便试图连衣带人把我放进洗澡盆里。后来这事又发生

1　特洛伊城的祭司，他警告特洛伊人提防木马计，因此触怒雅典娜，派出两条巨蛇把他和他的两个儿子一起缠死。

时，我气恼地尖叫着："放我到澡盆里！放我到澡盆里！"这意味着在那种年纪，当我发脾气时，我已认识到发脾气总得想办法制止住，正如时下说的，我需要一种帮助。

但是想要什么东西而得不到与那日发生的事是有所不同的。那天发脾气是因我感到（荒谬地）一种不公平的指责而引起的。那种紧张纯粹是因为我试图招待客人的世俗一面而导致的。我在各方面想方设法使我亲密的老朋友埃莉诺开心，却愚蠢地感到遭到了她的指责。自然我对自己的插花很骄傲，容不得有什么萎花谢叶，但是我对这件事的反应实在是太出格，正是这一点使人惊愕。碰到这种时候，我真感到自己的脑子要炸开了，无疑发脾气是一种解脱。然而发脾气的回报却是深深的自惭、内疚。贺拉斯说："发怒是暂时的疯狂。"

我有时也在想，像我这样容易动怒的人（法国人称这种性格为"牛奶汤溢得快"），发脾气是否是一种内在的抵抗疯狂和疾病的安全阀门。我母亲把她对我父亲的气恼埋藏在心底，压抑的结果是偏头疼和心动过速，不一一列举。精神系统是一种很神秘的东西。正是那使她气愤的事情又给予她令人难以想象的力量去应付各种磨难。愤怒是蕴藏的火；这火焰支撑着父亲和我度过了那作为比利时难民的艰难岁月，后来逐渐在美国找到了我们的生活。

我内心中激烈的不安，如果用得合适，会变成一种工作的动力。但当它失去平衡时，便成了自我摧残。这些日子我一直在寻思着如何使这种工作动力孤立出来，换言之，就是如何去掌握火候让汤不致溢出来。

9月29日

昨晚预报有霜降，我从外面抱回几大枝西红柿，西红柿还绿着，把它们挂在了楼上洗衣房里，希望不几天内能变熟。然后我把所有能找到的娇嫩的花都采了回来——金莲花、大波斯菊、些许矢车菊和几枝迟开的玫瑰花，最后把秋海棠和天竺葵分别栽在三个花盆里，抱回屋内。秋海棠开得好旺盛，先是去年在室内待了一冬天，然后又在室外待了整个夏天。生命力强的植物总给人一种安慰。做这些活计时已是将近傍晚，光线暗淡。到目前为止，这个秋天还称不上是一个令人愉快的秋天。今天早晨当格雷斯·沃纳搂树叶，在天气变凉前最后一次割草坪时，天空布满乌云。初秋的活计做起来使人伤感，我渴望着球茎的到来，种植球茎是一件使人激动、令人充满希望的工作。待这炎热、窒息、变幻不定的九月过去，十月来到就好了。

多年来我这是首次听《亡儿之歌》。这大概是一种象征。我并没有失去过孩子，只是我自身中的婴儿一定是被迫成长起来，这样做是要丢弃婴儿的哭闹与怒气。在我写这最后一句时，我想起了路易丝·博根[1]对凯特琳·托马斯[2]的《扼杀余生》的精彩评论。路易丝说道：

> 单纯与狂热是可怕的。实际上所有的人类种族部落都强迫青年遵循一种严厉的规章制度。这种规章制度以两条箴言为基础：成熟与冷静。成熟，正如人类发现的一样，意味着压制强烈的情感——喜怒哀乐——这种强烈的情感会不理智地扰乱普遍的宁静。古希腊对那些抗拒众神意志的人感到害怕。悲剧的庄严合唱团常常对那些情感奔放的男人或女人发出告诫、提醒，企图使他们变得理智。狂傲不羁无疑会遭到众神的惩罚。然而现实是，事实上一直如此，单纯的心和狂热的情感是取得任何超人成就所不可缺少的；没有这两者，就没有艺术。多少年来当许多人已不再坚持这种特质时，凯特琳·托马斯却证明了她是那为数不多仍纯粹地、高度地拥有这种危险特质的人之一。

然而凯特琳·托马斯不是一个伟大的艺术家。路易丝总对我说："把恶魔从你的工作中赶走。"对这一点我想了很多。我一直觉得艺术作品（尤其是诗歌）是上帝与我之间的

1　路易丝·博根（1897—1970），美国女诗人。

2　凯特琳·托马斯（1913—1994），诗人狄兰·托马斯的妻子。她在丈夫去世后，写下《扼杀余生》，书中讲述了悲痛之中的她在自我放逐中寻求治愈的经历。

对话，所体现的是对问题的解答，而不是冲突。冲突是有的，但应该是通过诗歌的形式解决。愤怒与喊叫的祷告是不入上帝之耳的。我生活中的确有一个恶魔，但我没有让它干扰我的工作。现在它对我最关心的事情产生了一种威胁——我恋爱一年半时间，现在这个魔鬼要把我的隐居变得毫无成果，使我感到寂寞难耐。我一直努力驾驭这个恶魔，企图使所有黑暗光明起来。实在是时候了，是该成长起来的时候了。

“一个人怎样才能长大？”几天前我问一个朋友。稍微停顿一下后，她说道：“通过思考。”

> “幸福的经验也是最危险的经验，因为幸福滋生我们的渴望，爱的声音使空虚、孤独回荡。”[1]

10月5日

醒来后映入眼帘的是罩着霜的明亮的银色牧场。灿烂的阳光穿过黄色的树叶，投射在谷仓上。倘若没有这种宁静的空间来安抚我的眼睛，我又会怎么样？这整个景致是一种

1 原文为法语，语出弗朗索瓦·莫里亚克《一个三十岁男人的日记》。——作者注

不可思议的开始。这就是我离开后为什么要回来的原因，好像回来做深深的喘息。每次离开，哪怕只是一个周末，屋子和花园都得重新去接近。有些东西随人的离去而消逝，必须再重新使之恢复生气。

一大堆邮件在等着我，其中有几样出人意料的东西。在一个包裹里，一只硕大的蘑菇埋在香草中，附带着如何食用的说明。这东西很神秘，以前从来没有见过。另一个包裹里是一瓶自制的无花果酱。这些不是买来的，而是搜寻或是自己动手做的礼物，对我实属一种恩赐。

我设法把这些东西及三十几封信堆在一边，因为当我一路沿着康涅狄格河岸在秋高气爽中驾车回来，驶近布拉特尔伯勒小城，和老朋友一样的小山丘相逢时，我便决心腾出空间，内心的空间来作首诗。失去使得一切变得敏锐。这些短暂的周末，爱之根源的撕裂，以及在失意的困境中丧失自制力使我痛苦。诗的内容是有关沉默的。只有在沉默中爱人们才对已知的有所悟及。也只有在沉默中爱人们才赤裸裸地从头到脚感受到爱的充实。有片刻工夫，好像裸露的我被爱裹着，但那之后，当我回来，在寂寞中我颤抖着，我又不得不面对而且要征服孤独。走进这房子时，没有温存，没有鲜花，只有庞鸥发出一声欢迎的尖叫。陈腐的烟草气味，关闭的窗户，都在表明我自身的生命正在什么地方等待着我，等待着我再去重新创造。

打开其他的包裹，发现了《爱之种种》的第一批书。一看就知道诺顿出版社对封面做了精美的设计。分别包装了三本送给朋友。没有人在这里一道庆贺实在是扫兴。

秋天的藏红花出奇的姣好，还有蓝紫翠菊，蓝色的火焰在落叶中燃烧着。采了一些藏红花和几朵迟开的玫瑰插入在那间舒适屋子里的壁炉台上威尼斯玻璃花瓶里。然后是做晚饭。那个硕大蘑菇做出来后呈现出令人吃惊的芥绿色，吃起来很苦。

今天早晨醒来，眼里噙着泪。我在想一个人到了快六十岁时是否有可能彻底改变自己。我有可能学会控制自己下意识的怨恨、敌意和矛盾的心理吗？如果不能，我将会失去我所爱的人。一切都无济于事，我只有一分一秒地继续活下去——把鸟食挂出去，整理屋子，努力使周围变得协调和平，纵然我的内心并非如此。此刻已是十点半，外面阳光灿烂，相比之下屋内显得阴暗。抬眼穿过客厅向那间舒适惬意的屋子望去，一切都罩在暗影里，直到尽头，窗外挨着一束透明的金绿色叶子。这里，我的书房内，秋天的阳光是那般淡白明澈，它在呼唤着内心与它的一致……明净，明净。

10月6日

当我盼着有人来吃午饭的时候，这一天就显得格外不寻常。满室的花卉要摆放得更美一些。安妮·伍德森今天要来，她会留意到这些花卉的。她以一种特有的、我的朋友中少有人有的眼光来打量这屋子，这大概是因为她只身一人在这里住过的原因。她住在这里时以自己的习惯修剪、锄草，甚至拾掇放有床单枕套的柜子。

这一天天气晴和。我出去取信，停下来抬头望着榛树，树叶已落光了。我惊喜地想到这里的一切很快都会磨光殆尽，只剩下树干。这意味着大自然在向叶子、色彩做深情的告别。我想着这些树木，它们就这样轻易地去了，撇下繁茂一季的叶子，毫无悲哀地去了，去到根深处，为来年的复苏沉睡了。这些日子我不断地想起艾略特的诗句：

使我们学会在乎与不在乎
让我们懂得心平气和。

正是为了这一点，每年秋天我都重新聆听马勒的《永别》[1]（布鲁诺·瓦尔特指挥，凯瑟琳·费丽尔演唱）一曲。然而马勒的《永别》是对失去的悲哭，是在即将辞别前的凄哀长叹。直到最后几行作品才流露出和平与放弃。听着音乐我想到了昨天和海伦·米尔班克去湖边野餐时看到的金色的叶子，那在波光粼粼中闪耀的透明的小红枫叶。

难道除了人类之外大自然里也有什么会绝望？一只动物一只脚卡在陷阱里看上去并不显得绝望。它太忙于逃

1　交响乐《大地之歌》的第六乐章。

生了。所有的一切都被囿于某种程度上的静止和紧张等待中。这就是关键所在？像白蜡树一样忙于生存。要记住失去是为了重新得到，没有什么会长期不变的，甚至痛苦，心理上的痛苦都不会持续很久的。等待着。让这一切都过去。让它去吧。

昨日从蝴蝶花花坛里挖出了些许紫罗兰。蝴蝶花像埋在地下的瓜果一样一直被大堆厚厚的根茎窒息着。意外地发现了一朵芳香异常的紫罗兰和一些秋藏红花。现在，经过一小时的拾掇后，光线暗下来，我沉浸在泥土的潮湿气息中，一切又显得井然有序了。

10月8日

不知是我内心的努力取得了进展还是由于秋天的光线，我开始觉得又回到了自己的路上，这意味着我在重新找回自己。今天早晨发生了两个小奇迹。还在床上时，我朝窗外望去（是一个薄雾轻笼的早晨），牧场里，竟出现了"日光沐浴半岩石"的景象。此刻我明白了为什么戈加蒂[1]的那行

1 奥利佛·圣约翰·戈加蒂（1878—1957），爱尔兰诗人。

诗总萦绕着我，因为当我看到那花岗岩石的一半沐浴在日光下时，一阵惊喜涌上心头。后来，在漫不经心地浇花时，一束光如聚光灯般投在朝鲜菊上，深红的花瓣绽开，花心是黄色，流光溢彩，它后面的紫色翠菊和一枝水红芍药叶，还有埃莉诺采给我的伏牛花却在暗影中。瞧着这花就像把秋天的阳光直接输入到静脉里一样。

阿诺德来翻修谷仓地板。地板条下面都腐烂了，看来翻修工作比我们当初想象的花费要多，情况总是这样，不足为奇。

昨日安妮和我外出尽情地游玩了两次。首先是到莱奇去。那里田野中仍然存留着不多的龙胆花。稻梗残剩的地里，那艳丽的蓝花亭亭玉立，实在是令人欣喜。我不大相信那里还有龙胆花，原因是有好一阵我们不见一朵。后来当我们再往前走时，它们便相继出现了，一朵接一朵，有些一枝上竟有三到四朵。这之后我们在银湖边坐了一会儿。湖水平静得似一面镜子，湖的尽头，倒映在水中的山像一个淡蓝色的幽灵；阳光穿掠过明媚火红的岩枫叶，宁静至极。

每次见到安妮我总能从她那里学到些什么。周围仍有大蝴蝶飞舞着，我们盯着一只看了一阵。只见它缓缓停下来，吮吸着花蜜，就像在这里的园圃里吮吸秋藏红花的花蜜一样。安妮告诉我现在大蝴蝶正向巴西移迁。会是巴西吗？不管怎么样，反正是从这里以南的千里以外。

她随身带来两幅画——一幅是对我的十四行诗《轻松岁月》的释义，另一幅描绘的则是大大夸张了的红粉罂粟和我们这儿公墓里一块古老墓碑的组合。象征着死亡的碑石被围在生命异常脆弱的罂粟花丛中。安妮绘画采用的是一种无立体感的技巧，这样有可能最后这幅画会由于缺乏颜色层次的细微差异而有沦为“装饰”的危险，但是这幅画对于我来说却是很成功的。安妮的天赋就在于她能诗一样地综合一切，给人一种对真实事物的想象。

再说一遍，诗对于我来说是铸造灵魂的工具。也许我最终学会了顺其自然，这大概就是诗的复活所致。

10月9日

难道这真的终于发生了吗？我感觉到从绞刑架下解放了出来，体验着内心深处纯净美好的情感，它出自于诗的源泉。今年等了好长时间期盼着绚丽至极的景象。突然间，大枫树成了金色，白蜡树的黄色含有一抹绿色，使得黄色看上去更黄。园圃里仍有些旱金莲可采，我得认真干活，把剩余的球茎种下去。

任其自然实在是难，难得荒唐可笑。但也只能如此。我过去一向过分忧虑，似乎对注定要失去的总不肯放手，抓紧不放无疑是对爱的扼杀，这爱就像一只小猫不能抓得过紧，或是一朵花，握得太牢它就会萎谢。任它而去，昨天和今天我都处在一种感觉中，感觉到我这里的生活使我的灵魂丰富、深沉、自由。

这确实是一种突破。有好长时间没有作十四行诗了，然而在我生活中每次遭遇大的不幸，每当我的心灵达到一种澄净，痛苦已被美好的体验所代替时，十四行诗便涌现了。整个诗句奔流到脑海里，倾泻无阻，直到所有的一切都倒了出来。

早饭前出去喂鸟，发现了三个硕大的蘑菇。到目前为止只有松鸦前来光顾，相信其他的鸟也会很快纷至沓来的。

10月11日

实在是滑稽。为了避免再次陷入抑郁中，这个周末邀朋友来此一起度过，却不知我本来应该闯过那一关，开始写诗。秋高气爽，然而随着前院草坪上树叶的堆积，我感到自己像睡美人一样被树叶的城堡围了起来。开着车，沿着小溪在两旁栽有白蜡树的蜿蜒曲折的林荫道上行驶，那绚丽的景致是言辞所不能描绘的，一行行、一排排望不尽的金灿透明。星期天劳丽·阿姆斯特朗来吃烤牛肉午餐。下午天快黑的时候我出去干了两小时的活儿，种下了百多株郁金香。这活计本身倒不累人，可到处都得给它们腾出地方，拔草、分开多年生的植物，还得对被紫罗兰窒息的蝴蝶花进行一番抢救。实际上我也只有在春秋两季除草，所以我现在对付的是杂草丛生之地。做这活儿时我感到辛勤劳作的满足与恬静。由于天气阴霾，黄昏时光线显得惨淡，让人觉得冷缩，但泥土的苦味却是一种滋养。

很难相信我已从过去几个月的痛苦中解脱了出来，到现在我的确感觉到一种真正的心境的变迁——或者说我变得自由自在了。我此处的生活多么不稳定，甚至有时我对自己的工作都感到怀疑。但最近这些日子我再次觉得我在这里的努力是有成效的，且不说作为一个作家成功与否，这努力本身是有意义的，即使失败了，失败于丧失信心，失败于个性的乖戾，这努力都会显得具有价值。处在这个年代，越来越多的人被生活所困，善于做出内心决定的人为数不多；能够真正有选择的人也所剩无几。事实上一个中年独身女人，无家室可言，只身一人住在这所坐落在寂静村子中的房子里，追寻着自己的灵魂，这件事本身就意味着什么。作为一个作家，能够记录她灵魂苦行的来龙去脉是值得欣慰的。人在黑暗中，想到沿岸礁石岛上灯塔的守望者时便有了慰藉。有时入黑以后外出散步，看见我灯光明亮的房子那般生机熠熠，我顿时觉得我在这里所有的痛苦煎熬都是值得的。

有时间思考，这是难得的，对我来说简直是一种了不起的奢侈。有时间和自己在一起，因而感到肩负的责任是重大的。在有生之年我当尽量充分利用时间发挥自己的力量。这并没有什么可怕，可怕的是丧失和外界许许多多的人有联系的感觉，有些人我甚至不认识，而且永远也不会认识（好像无线电一样）。信息无时无刻不在进出往来着。

为什么比之散文，诗对于我来说更像出自真正灵魂的作品？写完一页文章后我从来没感到振奋。尽管我也精力集中写过一些好的东西，或者至少说在写小说时我充满了想象力。这大概是因为散文是挣来的，而诗是付出的。两者都有可能做几乎无止境的修改，这并不是说我在诗上不下工夫。当我的灵感被真正触动时，我可以对一首诗修改上百遍而始终保持兴奋。然而这种持续的战斗只有当我的灵感受到触动，内心深处的渠道被打开时才有可能。当我深深地感动着，心绪非常协调时，处在这种状态中诗就天赋般地、远非我意志所能控制地倾泻出来。

我常常想到，如果我隐居一段时间后，发现已不再有人读我写的东西了，我仍然会继续作诗，但不会再写小说了。这又是为什么？或许诗主要是写给自己的，而小说则是与别人的对话。两者存在的模式是完全不同的。我猜想我写小说是为了找寻我对某事的思考；而作诗则是在寻觅自己对某事的感受。

10月14日

天气又开始变得炎热窒息。所有大枫树上的叶子几乎已落光了。但园圃外不远处的白蜡树却仍然缀着一层金黄鲜艳的叶子。房子四周到处都铺满厚厚的叶子，以至于我有种被半掩埋的感觉。此刻沃纳家人在这儿搂树叶，感谢上帝——实在是一种援救。

天色灰暗，没有放晴的预兆。创作出的十四行诗隐伏着一种危机，也许我写得太多、太快，任凭一腔情感泛滥，而不去驾驭，条理清晰地表达思路。一种疲累的征兆。

昨天和丹尼一起度过了极为美好的一天。痛苦的折磨使二十岁的丹尼变得成熟了许多。我们相互认同是因为我们承受同样的痛苦，痛苦的根源很可能是一致的。那就是我们敏锐地认识到有些是我们想要或想成为然而又无能为力的。不久的将来他会成为一名出色的教师。

脑海中依然留有他靠窗而坐，身后是金色叶子的形象。长而微红的头发以及那优美的头部使他看上去比任何时候都更像文艺复兴时期的青年。最近几年他变得结实了许多。尽管伤痛仍在，但他身上多了几分力量。涉及忠诚这个问题时，我们谈了好长时间。这是一个我一直都想说的话题，因为我常被指责分析自己情感时不够忠实。我想这种不忠实是指小说家职业性的缺陷。这个问题留在以后再说，我得好好想一想。

10月17日

和煦的秋日持续了好久，终于结束——昨夜寒霜降临，天空阴冷灰暗。今早醒来后外面在下雪！虽说只是一阵，却说明天气是在怎样变化。昨日把最后的金莲花采了回来。眼下这些花已经萎缩，连芫荽也略受了寒霜的影响。来自园圃的花只有书桌上那最后一束了——几枝黄色的万寿菊，一枝浅黄粉的玫瑰花，还有其他两枝含苞待放的花。以后的选择只能是花店里那讨厌的千篇一律的花了。那些花丝毫不能给人以自家种的那种春夏秋季交织在一起的愉悦感。

近来几乎中断了写日记，作诗耗去了我全部的精神。心中有些事情骚动回响，却理不出个头绪把它们写下来。今天我要对忠诚这个问题想一想，实际上也只有在写作时我对某事的思考才能有结果。有趣的是，在《牛津名人引语》和《巴特莱特名人引语》字典中对“忠诚”这一词并无太多解释；然而这一词语无疑含有和人际关系、信任密切联系的至关重要的概念。我被指责为不忠是因为我谈及许多人不愿意谈及的事情，尤其是我可能对某些“本来不应该知道”的人谈论我身处其中的人际关系。对于任何涉及感情的事我一点也不会谨小慎微。我的职业就是分析情感。

钱的问题也是这样——有关人的问题和钱慷慨大方地从这间房子里流出去，这是一件好事。至少它体现了一种生活的视野，一种品格。也许在闲话（与人际有关）、夸耀（与金钱有关）和这种无所顾忌的流出之间有一种理所当然的区别，我该相信哪一种呢？多少年来我手头拮据，现在我有钱能帮助别人了，有时竟完全出于高兴说了出来，对此我一直感到惊讶。从来没有某个世袭有钱人会这样做，我想大概是他们感到帮助别人是“责无旁贷”的。无疑我的行为使某些人感到震惊。但我实在太像一个孩子四处跑着说：“瞧，我找到财宝了！我要把它送给彼得，他正发愁，或者送给贝蒂，她病了。”这使我想起过去我和科特[1]以及詹姆斯·斯蒂芬斯在一起时不断幻想着如果我们有了钱的话会做什么……而有了钱就意味着不必再对每周的生活忧虑了！对我来说有了钱就等于有了剩余，这剩余是可以与他人分享的。

当我谈到自己的生活或别人以这样那样的方式参与到我这里的生活时我并不感到不忠实。我所希望的忠实是更为复杂的事情，比如说，我不会利用我所知道的别人的隐私来达到我自己的目的。那才是既不谨慎又不忠实的。但是我相信我们可以从自己和别人的经验里得到启迪，对这些经验不断思考，从中汲取做人真谛的营养；希望这些苦恼、疑惑、怪癖、难堪、懊悔让其他人也知道对我来说是一件很自然的事。为什么？我想部分是由于一个人对别人的遭遇越是关心，就像我和我的读者之间的关系一样，他就越是会认识到没有多少人可以称之为是幸福的，人与人之间的深层关系是多么复杂苛刻，又有多少痛苦、愤怒、绝望被大多数人掩藏

1　S. S. 科特连斯基（1880—1955），俄裔英国翻译家。

着。而这是因为许多人认为他们自己的痛苦是特别的。要知道我们大家同乘此船，命运是一样的。知道了这一点是一种宽慰。举一例子，许多中年女人都写信来述说她们的绝望。

拿我自己来说，我所处的情况是设法保持一种并不是那么轻易简单的爱情关系，我和真心朋友谈到这一点以求得到谅解，最近和D的谈话及我们彼此分享各自对爱的痛苦的体会一直令人感到莫大的欣慰。我们能如此交谈对我是一种殊荣，我并不觉得我这样做是对双方伴侣的不忠。为什么这样说？因为我们之间是“纯洁”的。我们分享各自的经验为的是想更好地理解它。几个月以前当我们第一次交谈时D和我便相互“赏识”。自从三十多年前认识了比尔·布朗以来，我从没有这样强烈地感到过我们的亲密是建立在“一见倾心”的基础上，D和我生性相像，都属反应迅速、敏感透顶、易动情感的人。这样的人尽管很少过着幸福的生活，但他们一定能在生活中不断应变成长着。杰拉尔德·赫德[1]说过：“无所设防才可使人不断地得到改变。”当我谈到诗人的内涵以及人过中年仍在写诗时，这句话时时闪现在心头。付出的代价是昂贵的，所以你不得不紧紧拥抱像比尔·布朗和D那样得到你认可的人。

---

1 杰拉尔德·赫德（1889—1971），美国历史学家、科普作家、政治家。

10月28日

今早醒来世界一片银白，牧场被一层厚厚的霜覆盖着。昨日下午那些盖在花坛上的云杉树枝看上去像是被人喷了银……天空蔚蓝，阳光是这般明媚！我正在为到什里夫波特去写一篇有关“诗人之嗜”的演讲（下周要去达拉斯和什里夫波特）。我想到的第一个嗜好是阳光。这间房子总是充满着阳光——灿烂的、呈现出蓝绿条纹的光线此刻正投射在这间舒适雅致的房间里的沙发上。半小时以前光线聚集在这间房里的一盆黄菊花上。朝外望去，所有的树都脱光了叶子，只有一棵枫树例外。背衬着蓝天，高高的枫树上仍有层层半透明的暖金。叶子像音乐作品中的音符一样纷纷扬扬飘落下来。今年的秋天与往年不同，很反常，像热带一样阴霾多雨，一直未见到像现在这么好的阳光。能够体验一下如此的阳光真不错。

昨天下午在园圃里做入冬前的收尾工作，度过了愉快的一小时。预定的郁金香和其他花球茎还未到，我估计大概是由于联邦包裹速递罢工的缘故。不管怎么样我决定最好还是先把花坛盖起来以免降雪提早来临。温·弗伦奇运来了四捆干草，我沿着北面和东面冷风侵袭的房屋墙角把干草解开，铺成厚厚的草垫。沃纳家的人搞来一捆云杉和松枝，这样除了外围三面外我可以把所有的花圃都盖起来。经过这一拾掇，园圃瞧上去整齐有序。干完时已是黄昏降临。

夕阳下，小山群起初呈现出艳丽的玫瑰色，然后转成紫色，就在太阳落山前它的余晖把教堂的长窗映照得火焰般绚烂。

正如我写下的，诗人的嗜好便是：阳光、独处、大自然、爱情、时间及造物本身。经过几个月的沮丧消沉后，突然间我在这几个方面充满了活力和醒悟。

10月30日

昨日又是阳光十分明媚的一天，天黑时我把整个园圃都盖好了。巴德·沃纳弄来的第二批粗枝几乎都是铁杉，这比云杉要轻得多，而且对四月春季抽芽有好处。干这些事时突然在花丛里发现了一朵盛开的深紫色紫罗兰和两朵秋藏红花。我把它们插在了书桌上那个小巧的素瓷日本花瓶里。藏红花即刻绽放开来，你可以看到淡紫色花瓣上细致的紫叶脉和鲜艳的橘黄花蕊。这一切简直是一种奇妙的安排——透明的藏红花，丰满实在的紫罗兰花瓣，深绿色叶子——如果可以的话，我真想把这绝妙的搭配画下来。

但现在最令人欣喜若狂的是阳光，秋日阳光终于来了。就我所知，世界上任何一处的阳光都比不上此处的——这是新英格兰的崇高荣耀。此时此刻清心独处，怡然欢快回到我的身边，无疑这些明丽绚烂的日子对这种心境起着重要的作用。连那空气中一丝寒冷也使人感到兴奋不已。然而我觉得疲倦。每次外出演讲我总是变得低沉，不管我多么抱怨这里的寂寞，等外出时间到了，我并不能打起精神离开这里。

随着内心惬意的恢复我感到一种若有所失，诗不再奔流出来。我又变得更为“正常”了，连续几个月来泪如泉涌以及强烈的情感已不复存在。内心出现了，或几乎出现了平衡。但付出的又是怎样的代价？现在在我离开之前我还得写信和清理书桌。这一周时间都用来写一首十四行诗——几百张的草稿——但这首诗是不会成形的。也许我在这首诗上过于斟酌而扼杀了它。

11月9日

又回到家了，看见的又是每天明丽的天空，昨夜月光那般明亮，我失眠了。发现了装有花球茎的一个很大的箱子。这些球茎终于来了。眼下正是紧急关头，因为地面很快就要上冻，球茎迟迟未到显然是由于荷兰码头工人罢工而耽搁了。

演讲进行得很顺利。达拉斯和什里夫波特两地的观众都听得聚精会神；至少这次我体验到当一首诗真正达到预期效果时那妙不可言的寂静。只有在一大群素不相识的人面前我才能、也只能那样朗读，那样我可以"抑扬顿挫"地把诗朗诵得有声有色；给一个人，一个亲密的人朗读，我永远不可能真正发挥出来。一开始时事情稍有不顺，因为我神魂未定。经过长时间的飞行旅途，一个人心绪有些不平衡，还不能一下子真正安定下来，到了新的环境仍然带着那种心绪。当然还因为十多年前正是在得克萨斯，我来此讲演，清晨七点半时我被朱迪打来的长途电话惊醒，她说我父亲坐出租车去机场准备飞往蒙特利尔演讲时心脏病猝发，被出租车送回来后不到几分钟便去世了。那记忆和肯尼迪被刺的阴影不时萦绕在我的脑海。

有时候心理上的不适是异常强烈的。我遇到的女人们是和善的，显然也是温柔且反应敏感的。随后突然间她们的目光里闪现出一种冷酷，那是对肯尼迪家族的真实仇恨，尽管肯尼迪家族屡遭不幸，这敌意仍然不减。除此之外，在涉及种族问题时她们内心的门会自然闭合。我知道这本身部分代表着一种丧失，一种主仆之间和睦关系的丧失；对这些人来说，那令人困惑的黑人力量的兴起是对旧有忠诚和体面的背叛。处在这种环境中，一个人怎么能理解为什么许多黑人断定不遗余力地斗争才是改变一切的唯一出路。对多数情况我事先有所准备，但令我最不舒服的是自私；这些人的眼界是如此狭隘。难道除去外在的痛苦，就没有什么可以打破这种局面吗？没有必要？肯尼迪的被刺显然使这个圈子团结得更紧密。

至此我对文明人的文化教养有了最深的体会，它只不过是一层装饰表面的胶合板，就像一所新房子的正面外部是用砖砌的，里面却是其他材料。而更令人惊讶的是，正值秋季，当你轻快地从一块块讲究的法国外省、西班牙或都铎式建筑前的草坪走过时，竟然不见一片落叶，所有的草坪都一尘不染！这些住宅与花园某种程度上是那样精美，却又毫无诗意。人们在自己的花园里劳作或是任其荒芜，而不是让毫无个人情感的园艺公司的工人来种植料理，这样的地方才有诗存在。

什里夫波特是一座更为迷人、有生活气息的城市。达拉斯则是过于富裕，过于新式，完全没有人情味。在达拉斯一幢有五十年历史的房子看上去已很过时，“必须拆掉”。女人们给我的感觉是缺少一种实际，这种实际是在时髦的尼曼·马库斯毛皮大衣、翻新装潢住宅、去“合适的地方”旅行中找不到的。在表面彬彬有礼的闲谈后面，你可以嗅出一种渴望，是一个要什么有什么而感到百无聊赖的孩子觉得富裕满足的生活中缺少一种基本成分的渴望。这些女人不会因为世界上发生什么事而骚动、奋发、激愤的；不总为她们不像东部女人们那样能做许多的事而感到内疚；也不觉得幸福或充实。虽说很难确定，但在宽广的天空下，在众多如此“美好”的东西、房子、豪华汽车中，我所感受到的是寂寞。也许奢侈有余，有价值的东西却不足；仅有良好的举止是不够的。

演讲中我回避政治问题，朗读没有争议的诗。但在午餐期间、在台下和人们见面时，尤其是在一个幸灾乐祸地挖苦肯尼迪的孩子因吸毒而被关押起来的人面前，我冲动地把内心的话讲了出来。

我有一个优越条件就是没有出生在北方，不是该死的北方佬。从地理划分上来说是不属于任何范围之内，因而有时可以无所顾忌地直言不讳。

然而，天哪，回到家里是多么美。这里的一切是那么亲切：破旧的坎布里奇，参差不齐的砖砌便道，未经修剪的花园，落满树叶的草坪，衣着可笑、携手而行的年轻人，还有亲爱的朱迪和猫咪们！我们都有点年老过时，但却是幸福的。再说纳尔逊，当我在清朗明亮的天空下驱车驶近时，它瞧上去像天堂。见到它有一种新鲜的感觉，刷着白漆的木隔板，古老的砖墙，我的几经风霜、正濒临死亡的枫树都是这样的美。这一切像一个光辉熠熠的神奇之物，一个使人心灵开窍的宝石，把每一个看见它的人带回到真正有价值的世界里。

11月10日

昨日晴空高朗。把百合花球茎和最后一批郁金香花种进去时已是傍晚，小山群罩上了一层紫色。今日凄冷，穹苍低沉，一片灰蒙蒙的，看上去像是要下雨或是下雪。

昨日很晦气。我感到自己糊里糊涂的，好像仍在雾里云端。信写了太多，心却仍然没有安定下来，部分原因是摩霍克航空公司星期三晚上罢工，我准备星期四一早从基恩飞往纽约。整整一个月就这么零打碎敲地过去了，再加上每个周末不是干这就是干那。诗灵去了，脑海中不再有诗句浮现，紧绷的弦松弛了。

我自己本身是松垮的，现在需要的是一种约束，一种秩序的重建来抑制对大量来信想作复的意愿，抑制《爱的种种》出版后带来的兴奋。我现在是心牵两头，需要从自我内部调整。从事正常工作的人是不可能懂得如何安排一天的时间，这样的一天是无需遵从任何外界强加的模式的。天变短了，下午四点半屋内就得开灯。既然养花种草的季节已过，就得找一些日常家务活来做，比如（这想法太可怕！）整理资料室。每日清晨要持续记这本日记，然后至少为计划中的那本书誊写修改一首诗。此书是为一九七二年春庆贺我六十岁生日而写的。如果说有什么动机的话，那就是不停地自我调节、自我挖掘，为了那永无尽头的旅程持之以恒地加足马力。

我于此地生活给人的另一个印象就像是信息交换场所。过多的信息同时传送进来，电脑便崩溃了。昨天下午Z歇斯底里地打来两次电话。这使我回忆起自己那些糟糕的往日——心烦意乱、哭泣、自我调整、痛苦到不可自拔的日子。这一年Z很不顺，先是亲人去世，后来又失了业；与此同时她又想写一本颇有难度的小说（有关种族问题，对此她极为熟悉）。

不知为什么我们开始争论起来——不为别的，竟是为了畅销书一事。所有有雄心的作家都会这样说："我不会为了写一本畅销书而放弃原则！"好像他们本来是可以写畅销书的！也许畅销书中有一些纯粹是名不符实，但总的说来我相信每个作家都是尽力而为的。好的作家才能写出好的畅销书，就像好的工匠才能制作出上乘的工艺品。一个专业作家决不能对畅销书持有轻视态度，认为只要他愿意就可以写得出。并非如此，问题是在于如何去观察，如何去写作。一些很伟大的作家——狄更斯、乔伊斯、特罗洛普、海明威——写的书一直都是畅销书。还有一些伟大的作家——比方说，弗吉尼亚·伍尔夫写的书总不畅销，或者只是偶然畅销（《岁月》曾是一本畅销书，但不是她写的最好的一本书）。就目前的销售行情来说，"畅销"只不过是一个机遇问题，理解了这一点，我们无非是怀着最好的希望尽己所能罢了，唯一不凭借机遇的是我们扪心自问是否达到了自己心目中的水准。

听着由英国皇家学院合唱团演唱的沃恩·威廉斯的弥撒曲，我开始了新的一天。有些日子只有宗教音乐才起作用。置身在永恒之光中，日常琐事的烦恼便消逝了。这一切都在于走进那永恒之光。

11月11日

昨夜躺在床上好长时间未睡，想了很久，这与以往不同。这种心境的变化大概是从我在汽车广播里听到戴高乐去世的消息后开始的，还有一篇精彩的短评也引发了我的联想。一般认为目前整个世界都在悼念一个完人，这个完人是如此罕见以至戴高乐的逝世不仅是法国的损失，也是整个世界的损失。评论员还提到某些人对戴高乐过分爱国和他那种法国人的神秘感进行指责，正是这些人，倘若戴高乐是代表他们的国家，他们又会以同样的原因来称颂他。事实上他做到了别人难以做到的事情，他的名字应当和罗斯福、丘吉尔，还有（天哪）斯大林这些名字并驾齐驱，因为他们每一个人都代表着一个民族生存的意志；这种民族意识在危难关头，甚至在被打败时它的本质会分外鲜明。回头细想，似乎戴高乐最突出的功绩是对阿尔及利亚战争的处理，他促使这场战争在相互尊重和不引起内战的情况下结束——正义与道德上的胜利。

"完全"一词，对真正的政界人士来讲，就是用自己的语言来说话。戴高乐没有召见"作家们"；这种想法本身是荒谬的。一个身居要职的人如果允许别人来替自己讲话等于是在辞职。尼克松在替谁说话？谁又在替他斟言酌词？没有人可以断定。他和阿格纽都成了傀儡。是谁在幕后同时操纵着他们？是缄默的大多数？是达成的共识？是想象中将要投选票的公众？只要把这种情况与戴高乐的境况相比，你就会窥见事情的不同，尽管戴高乐被谴责为行为举止像个国王，而不像一个被人民推选出来的代表。

所以在思考的末了，我脑子里剩下的不是"伟大"或"崇高"这些词，而是"完全"一词。我不由得想起这个词经常和男性联系在一起（我父亲具有这种属性，我母亲则没有），这大概是因为它不仅和献身崇高事业有关，而且也关系到对某些简单事物的倾注——指那些能看到事情的真相、有远大理想的人。正如怀特海德说的："只有在实践中，认识到伟大思想的重要性，牢牢地掌握这些思想，一个人方可成为智者。"

我们完全或者说我们体会到这个词所指的含义是当我们整个人——精神、心灵、神经、肉体、整个身体——都集中在一个目标上。我对它的体会是在写诗时。丘吉尔在伦敦大轰炸时体现了它，戴高乐则也许比我们时代的任何要人都更能表现这一点。"完全"当然不是说在某个判断中或某次行动中意味着正确。它所指的是在精神上不被内疚、不被疑惑、不被惧怕所动摇。日本人称之为"一心所向"。

另外这个词也和局限的感觉或在某些范畴里感觉有限

有关。我在前面说过女人很少像男人那样完全，我觉得我应该回过头去再想一下。也许对于女人来说，“一心所向”是很难的，她们除了家务事和家庭生活以外，要想为自己开辟一块空间来做自己想做的事着实困难。她们的生活是支离破碎的……这是我在如此众多的来信中听到的哭诉——哭诉她们不能像拥有自己的房间那样拥有自己的时间。冲突自然而然产生了。不论这种冲突是由什么引起的，当一天过后没有空余时间至少可以试着去解决它，这冲突就变得益发尖锐。

我父亲理论上是一个女权主义者，但涉及生活琐事时他却自然期望他的妻子替他料理一切。“他的事情”比其他什么事情都重要，这是理所当然的。他既受过欧洲资产阶级文化的熏陶又具有十九世纪人的特点，所以我母亲对他是没有什么指望的。我父亲不喜欢她外出工作，对她外出工作从未给予过肯定，甚至有些年她在华盛顿特区替贝尔格特时装公司设计绣花服装挣的钱比他还多，他也未曾对她肯定过。她内心的冲突——曾是尖锐的——来自于她对他所追求的深信不疑，同时又怨恨他对待她的态度，怨恨他对自己要求她做的一切根本不理解。对这些事情他们简直没有讨论的余地。而我们这个时代无疑是大大向前迈进了一步。今天没有几个女人不在婚前设法把事情弄个一清二楚。女人至少先是人，其次才是妻子，事情原本就是这样的。

随后，这天晚上我又想到了生存这一层上。我在想独居，想它的最高价值。在纳尔逊这里，我不止一次地想到了自杀，又不止一次地体验到了与宇宙浑然一体的神奇的经历。两种情况彼此相似：一种是没有心灵障碍，一种是完全赤裸地融化到永恒中去。这么说来死是由于遭到了生的拒绝，因为我们虽不忍让自己一心想挽留住的离去，但是如果我们想要继续成长的话，我们只能任其自然。

当我谈到独居时，我无疑也是在指给那伏在窗前格外饥饿的脸腾出一席之地，也就是说给饥饿的猫，饥饿的人腾出空间。它正在争取待在那里的空间。近来每天都有一只小花斑猫出现，它用一种陌生专注的目光注视着我。每天早晨和晚上我自然都在外面放一些食物。我一开门它便惊吓得立刻跑掉，然后等我一走开它就回来狼吞虎咽地吃着。它的饥饿感显然不仅仅是在于食物。我渴望把它抱在怀里，听到它找到归宿后安然无忧发出满足的呜呜声。在它得到一心渴望得到的以后它会变得那样顺从吗？从门口跑掉之前它审视我的目光是那般强烈刺人。那目光不是在恳求，纯粹是一个巨大的问号："我能信赖你吗？"我们相互紧紧地盯看着，那情景使人痛心难受。

长久以来，好多年了，花卉球茎留给我的一直是艰苦的形象。一想到植物球茎在地窖里，在黑暗中设法延续生命，冒出白白的嫩芽，最终变得枯萎，我心里就极度地难过。现在是我应该正视这种形象的时候了。到目前为止，我对这形象始终是躲躲闪闪，试图埋葬它，好像它是那样可怕以至连看都不能看。

今天，第一次世界大战停战纪念日，邮局不送信。这一来，我周围有了偌大的空间，我要好好利用它来作一首诗。

昨日带着泰亚尔·德·夏尔丹[1]的《神境》回来。我现在对这类食物有一种饥饿感，为了忘掉目前个人的烦恼，我咀嚼着大片的空气（一个含糊的比喻，不必介意）。现在开始工作。愿上帝与我同在。

实际上我只有一个祈祷：愿我怀着一种神圣的情感去做这一天我要做的一切事情。与我同在吧，上帝，尽管我知道这只不过是虚无。

明天世界又会冲撞进来。我要去纽约。

11月16日

在纽约待了四天。纽约这个城市各方面都充斥着一种奢侈，此外，我不得不说，工业技术的发展令人惊慌失措，在这个城市里转一转都会令人感到十分恐惧，怕得要死。一天接一天没完没了地下雨，下雨，下雨。这意味着找不到出租车。公共汽车倒比较有人情味，但却使人伤脑筋。马里恩·汉密尔顿和我从旅馆出来乘公共汽车到位于第一大道

1　泰亚尔·德·夏尔丹（1881—1955），中文名德日进，法国古生物学家、哲学家，耶稣会神父，主张进化论，两次到中国进行实地考察（1923，1926—1946），曾参加鉴定北京人头盖骨化石。

第八街的剧院去。我们从这一路车转到那一路车，上车下车，穿越街道，最后又从第五大道起徒步走过一个个街区才到达剧院。奥芬剧院附近根本没有餐馆，不得已我们最后走进一家有三明治和饮料的餐店。

由于摩霍克航空公司举行罢工，我险些去不了纽约，最后不得不在波士顿转机。旅行变得越来越难了。在我终于回来之前，我用耐心武装着自己，我需要这一武器。过去一直是坐火车走的轻松怡然的旅途，从波士顿沿海岸线那一路美丽的风光，车上的佳肴，以及平和的静思时刻现在均变成了等候，忍耐，携行李箱走好长的路，对付不耐烦的出租车司机，甚至最短的旅行都得颇费周折才能搞到交通工具。你从一开始就忧心忡忡，惶惶不安，不等到达就已是筋疲力尽了。

11月17日

在机场候机时我的确阅读了几个小时，完全沉浸在罗伯特·柯尔斯写的有关埃里克·埃里克森[1]的第二篇文章里

1　埃里克·埃里克森（1902—1994），美国精神分析家。

（十一月十四日的《纽约客》）。文章显示出的深邃的洞察力使人得到新的启示，对自己，对眼下发生的一切都有了新的理解。我在埃里克森所说的（引自《青年路德》一书）一段下面打了着重线："成千上万的少年们面临这些问题，以此种或彼种方法来解决这些问题——他们，正像亚哈船长[1]说的，半心半肺地生活着，整个世界为之承受痛苦。然而时不时地独立的个人受到一种鼓励（被谁鼓励，只有神学家知道；要求干什么，只有糟糕的心理学家晓得）：他个人的病态带有普遍性，他应该为全体解决他自己不能为自己解决的全部问题。"对我来说，关键一词自然是"病态"，因为这个词的的确确关系到诗人与艺术家，无论男女。柯尔斯自己在这篇文章里也提到："不是每个人都愿意或能够把自己的顾虑与欲望看成是带有普遍性而公之于众的。"做到这一点需要具备某些非同寻常的素质：谦卑、格外的诚实，以及（正是这一点比较难）一种使命感和认同感。一个人要相信个人的不幸，深度审视的话，是带有普遍性的，所以如果把它表达出来，它就有了超越个人范围的价值。你也不得不相信表达它需要某种特别的方式，某种特别的才华。

在纽约我见到了出版商们和我的经纪人迪尔米德。一如以往，当一部艺术作品出版，它在市场上的命运总会令我坐卧不安。我的小说下星期上市，我明白它的成功与否取决于书商们是否在第一个星期内再次订货！看运气吧。我只

1　美国作家麦尔维尔《白鲸》一书中的人物。

能等待，但这等待又令人紧张不堪。

马里恩和我一起去惠尼特博物馆看奥基夫[1]回顾画展，然后又到楼下看伊肯思[2]画展，也是一个大展。有趣的是，我注意到奥基夫从一开始就已取得了她所要取得的成就，从那以后很难看出再有什么变化——缩小了的风景画，一枝花，或诸如此类事物最本质的东西，这类事物孤立形象的表现，放大了的孤立，给人以强烈的印象。有时候给人的感觉仅仅是为了画而画，看上去平淡无奇，甚至有些感情用事（那幅有名的颅骨与玫瑰）。然而她最出色的画却是用寥寥数笔、几块色彩就能表现出一种震撼人心的神奇力量。正是这些画使人心灵开阔，可以想见拥有这样一幅画会是多么幸福。

要想将奥基夫的画与伊肯思的画比较，就得全神贯注、充满兴致地欣赏，遗憾的是在观赏后者时我感觉累了，精力集中不起来。奥基夫的画是超然抽象的，很少涉及人本身。而伊肯思则是潜心研究人物的面部表情，擅长勾画探索整个人物内在的肖像，这些肖像给人留下的印象是他们各自都是一本完整的小说。我想到了那个面部表情极为敏感的侍女（她可以做我小说中的简·塔特尔），还有某些陷入深思中的男人们。除了伦勃朗外，有什么样的画家能如此精心捕捉一张深思的面孔？然后我又想到了那些同样触动人

1 乔治亚·奥基夫（1887—1986），美国画家。

2 托马斯·伊肯思（1844—1916），美国现实主义画家，摄影家，雕塑家。

心的男孩子们游泳的画像，这些画对肉体的表现并没有注重明与暗、结构组织的勾勒，而是着重表现人物惧怕与软弱的心理——虽说是肖像画，却不落俗套。画得惟妙惟肖，真是细致入微！

我们去看一场《没有人懂得我》的摇滚音乐会，脚本是从少数族裔孩子写的一本诗集中收集而来，由二十个不满十八岁的黑人、白人及波多黎各的孩子组成的团体演唱表演的。演出效果极佳。我很少在剧院里被如此吸引和震撼过，歌舞令人耳目一新，既有抨击愤慨的一面，又富有诗意——这是充满悲欢喜怒之泪的解放的一晚。这样的演出能在剧院上演，说明还是有希望的。

看了《没有人懂得我》之后，第二天下午我接着看了一出日场戏，是英国戏剧《家》，没什么比这更怪了吧。这出戏演得动人极了，由拉尔夫·理查德的儿子和约翰·吉尔古德扮演两位老人，随着剧情的发展，观众发现这两位老人原来患有精神病。他们设法表达自己，言不成句，或独白，或沉默地……显得那样踌躇，痛苦至极。全剧没有让人如释重负的答案，使人紧张到几乎不可忍受。令人不能忘记的是吉尔古德凝视着窗外的天空，面对着观众，望着想象中的云彩，泪水不时地慢慢从脸颊上流淌下来。这也是个普普通通的人，正像孩子们一样。在全剧结束时他高声向观众唱道："让我进来吧！"

长时间在机场等候时我记下来的最大问题是如何去希望和希望什么。我们处在一个思想糜烂、腐败的国度里。我们的生死都被技术垄断着。怎么样才能冷静下来，抓住本质……最要紧的是如何去认识这种本质？《没有人懂得我》向我们强有力地展现了这一点。是童年——丰富的童年、被残酷剥夺的童年——说明了这个问题。这才是本质的来源。

回想那无尽的喧嚣，夜晚撕心裂肺的尖叫，垃圾车发出使人不安的铿铿声，掘路机无情的碰撞，刹车时的嘎嘎声，警车尖厉的叫声，还有第二大道上卡车一路的隆隆声……经历了这一切后，回到了安静的纳尔逊，享受着十一月里绝妙的明媚阳光，我的心得到了一种新的启迪。

11月18日

小车一辆接一辆鱼贯而入驶向村里的草坪，今天在那个陈旧的砖砌学校有一个妇女团体义卖活动。天气好极了……闲散的白云高悬在天空，光线变得十分柔和。阳光从白色的门楣上射进来，照在那舒适雅致的房间里，随后又形成一道绚烂的光柱聚向那里的蓝绿色沙发上。

醒来后心情愉快，迫不及待地坐到书桌前开始思考，也许要修改一首诗，因为我急于开始修改（为那本新书）去年写的那些诗，那些诗是在写了一上午的小说后写成的，写得太匆忙。然而正像以往一样，我立刻被一种责任感攫住了——要答复一个孩子关于《毛人》的来信，要答复……但这时从农作物交易所运来了两袋鸟食。现在每两袋鸟食可以用两个星期，五十磅重，但很快一星期就会用两袋了，随着贪得无厌的松鸦和松鼠，还有锡嘴雀、山雀及五十雀的光顾，鸟食还会用得更多。这之后为昨晚读完的那本朋友的书写推荐语，又为卡罗琳·海尔布伦教授的长信作了答复，有可能她会为我的书写一篇文章。她寄来了几册重印本，我即刻一头埋进了一本有关布卢姆斯伯里的书里。

见到这样一篇对弗吉尼亚·伍尔夫既无嘲笑又无贬损的文章实在是令人欣慰。一想到伍尔夫夫妇每天能做那么多的事我不由得为他们有如此充沛之精力感到惊讶。生活在精神障碍的边缘，她本应很虚弱，然而设想一下她竟能设法料理那么多的事情——不仅写小说（每部小说形式上都有突破），还有那些散文与评论，加上所有霍格斯出版社[1]的工作，读稿件，做编辑，还要至少在开始时，打包出版的书向外寄出！除此之外，他们还有着那样频繁至极的社交生活（我去那里吃茶点时，他们常外出赴晚餐，之后又去参加社交聚会）。这其中的快乐与趣味源自于他们对生活充满了无比的热爱！伊丽莎白·鲍恩[2]告诉我他们经常穿过伦敦城走上很久。这之外还要照料两处屋宅！我们之中有谁能完成她

1　霍格斯出版社，1917年由弗吉尼亚·伍尔夫和她的丈夫莱纳德·伍尔夫建立。
2　伊丽莎白·鲍恩（1899—1973），爱尔兰作家。

所做的这些事？

也许在《作家日记》中有很多处显得自我涉入，但决不是自我怜悯（你不要忘记莱纳德那时所出版的仅仅是她所有日记中的一小部分，这部分涉及她的创作当然不得不自我涉入）。这样一个天才此时还得面对这样一个俗不可耐的问题实在令人痛心。难道天才是这般普通以至于我们可以不予理睬吗？且不说她是否重要，是否模仿乔伊斯（我相信她没有），抑或是她天资有限，局限于她所属的阶层，这一切又有何妨？问题在于拿起她的任何一本书读其中的任何一页你不能不感到生命的跃动。如果艺术不是用来集中表现多彩的生活的，那又是为了什么？世界上有一半人是女性——为什么对一部以女性为主的艺术作品怨恨不已？没有什么人会认为《源氏物语》应该以男性为主！女子自然从许多倾向描写男性世界的书中学到了很多，为什么反过来就不成？抑或是男人真的如此害怕女人的创造力（因为他们本身不是创造的中心，他们不能生孩子）以至于对一个天才女作家会恨得咬牙切齿，必须嗤之以鼻地以"瞎扯"为由而置之不理？

在我年轻时，和弗吉尼亚·伍尔夫还不大熟悉，有些事情使我惊得目瞪口呆——一个人可以超极敏锐却又并不热情。她有着强烈的好奇心，连珠炮似的问问题，揶揄打趣，令人愉快的提问使得年轻人以能引起她的片刻注意而兴奋不已。但我确实有时候感到我好像是一个"美国青年诗人的标本"被吸收储存到小说家那丰富经验的档案库里。另外你也觉得她可以无所顾忌地想说什么就说什么，这种无拘无束正是布卢姆斯伯里区精神所在之一，人的愚笨或是做作均可以私下默契地拿来逗笑取乐。极为难得的是她至少邀我一次见面喝茶，正像以后一些年里我每次去英国她都邀请我喝茶一样，但是在所有的见面中我却从未体会到她对我的热情，这使我惊愕不已。

12月1日

又是灰暗时刻。星期天《时报》载有一篇毁灭性的评论。我一定是早有预感，整个周末我的心情一直低沉得要死。旧日的苦苦挣扎又出现了，我创造了“二十四”个婴儿，每一个婴儿都因评论界未曾给予细心留意而遭到扼杀。这篇评论实在是愚蠢。然而使人难过的是弗朗西斯·布朗对此事并没有给予重视，他本应该找一个了解我的作品，能够对作品内在的东西有着共鸣的评论员来评论。奇怪，近来非虚构作品似乎倒比虚构作品有着更好的机会。从内心深处开始相信（这大概也是一种求生的方法），这些连续的打击是事出有因的，这就是说我生来就不会成功，某种程度上说厄运就是我的处境。厄运使有心人得到锻炼。厄运使人面临的挑战也更深刻。

搞创作是多么寂寞……从开始写这样一部长篇起那持续的不安、担忧、绞尽脑汁到后来疯狂的希望(因它看上去有可能是畅销书,《文摘》已把它列入长篇改编书目里),最后竟落得这样一个不可避免的悲惨结局,我已经看到了许多好的评论,对此也不能有什么好抱怨的。我所计较的只是理应得到关注的艺术作品没有受到应有的尊敬罢了。我处在无人问津的荒原里。在荒原上已经待了好久了。但是如果我不相信自己本应更好,事情终究会向好的方向发展,那我就是神经不正常了。如果那样,其结果只能是自杀,我现在还没打算让自己沉溺到那报复的怪念头里。

不管怎样,高悬的白云使这一天过得还算顺当,当它们从头上飘过时是那样令人赏心悦目。

12月2日

今天早晨我打开了泰亚尔·德·夏尔丹的《神境》读至这一段:

> 精神的主人不停地重复说上帝要我们具有灵魂。要弄清这句话的真正含义,我们一定要记住,

不论我们的哲学怎样阐述它的独立的创造，人的灵魂从出生到成长，是不会与它生存在内的宇宙分离的。在这个世界上每一个灵魂都以一种独特的不可交流的形式集合而成，每一个灵魂里又都蕴藏着上帝的爱，上帝因爱而在某种程度上拯救了整个世界。然而灵魂的集成、灵魂的锻接不是从我们一开始有意识起就完好无缺地存在着，而是在于我们自己，通过我们自己的努力，像海藻那样从广阔的有着无穷无尽到处漂流的物质的海洋里把矿物质成分集中到自己的有机体中来，像蜜蜂勤奋地从万花丛中广采甜蜜——这些都不过是不知疲倦勤勉工作的苍白形象，是为了达到一种精神境界宇宙在我们身上所起的作用。

这样，我们每一个人，在各自生命的旅途中，决不能仅仅是俯首帖耳听从命运的摆布。他必须以其诚意从自己身上所具有的天然领域开始，构造一部作品，一部艺术作品，汇集在这部作品里的是来自世界上的各种因素；他在自己一生平凡的生活中塑造自己的灵魂；与此同时他在另一部作品、另一部超然不可企及的艺术作品中尽着他自己的一份力量，虽说这作品的远景还不能断定，但他个人的成就却在于：世界在臻于完善。

只有当我们相信我们在塑造灵魂时生活才显得有意义，

然而当我们可以对此相信时——我是相信而且一直在相信的——那么我们所做的一切没有什么不是具有意义的，我们所承受的痛苦也是含有创造的种子的。自从看了那篇晦气透顶的评论后（其本身无关紧要），不管它表达得多么隐讳曲折，我开始逐渐明白那实际上是在向我传递一种信息，告诉我自己对此书出版后所带来的物质方面的东西寄予了过分的希望，危险地奢望它能是一本畅销书，或者，只此一次，我可以得到评论界的好评，获得权威机构的认可，不再看到这部作品形只影单地摆在那儿等待着被一个个心有默契的人发现，正像它被少数几个人发现后，这为数不多的人觉得自己独自在森林中发现了一朵野花因而整个身心为之兴奋。从我无人问津的某地总会有人发现我的作品具有打动人心的力量的。这样的知音我最近几年有过不少，很是幸运。这种情况可以使我摆脱"野心"的羁绊，正如一首流行歌曲唱的"让世界远离我"。这是我所能希望的，除此之外，别无他愿。

想到我羡慕的作家特拉赫恩、乔治·赫伯特、西蒙娜·薇依[1]和小说家屠格涅夫、特罗洛普、亨利·詹姆斯、弗吉尼亚·伍尔夫、E. M. 福斯特，这些作家都是谦虚、内向、洁身自好的——他们都与当前所期望的潮流不符。这些谦卑沉静的声音，可以说是"人的境界"，与时下所流行的格格不入，甚至看上去边都不沾。然而总有人只有读他们的作品才感到满足，他们如饥似渴地需要这种食物。我是这些读者之

1　西蒙娜·薇依（1909—1943），法国哲学家和神秘主义者。

一，我也是偶尔提供这种食物的人之一。所有这些就是我一上午所关心的。

1月2日

又开始接着写一个月前因出版新书和圣诞节的到来而间断了的日记。

圣诞节对人们，甚至对像我这样没有孩子的人来说都成了一种巨大的负担，我很理解人们企图逃避此种负担的心理。到了十二月中旬，人们势必都像我一样开始厌烦，这时候你要买礼物，颇费心机地包装投寄，还得为未寄出的圣诞卡和未写的信感到深深的内疚。然而到头来总会有一些好处使所有的麻烦、苦恼都得到补偿的。

从哈里斯维尔路拐进都柏林路时有那么片刻工夫我感到迷惑。起初我以为是一个原始动物向我走来，后来才发现是一个人肩扛着一棵圣诞树朝着我的方向而来。这人扛着圣诞树穿过树木覆盖、白雪皑皑的寂静世界朝家里走去。十二月十六日我们这里下了一场暴雪，有十五英寸厚。幸运的是我们预先被告知，早一天我就设法把朱迪和两只猫接了过来。围着熊熊的炉火，我们在宁静安详中欣赏着外面那银白飞舞的世界，就像是我们处在“雪花飞舞”的玻璃镇纸中间一样。

这之前由于下雪，原定的一个午餐会取消了，我突然间不曾预料地多出了几个额外的小时，利用这时间把一直在心中涌动的一首诗写了下来。

在纷繁杂乱的事情中有什么可抚慰心灵？是那些可爱的礼物。那些礼物是由我的朋友们制作的，他们通常住得离我很远。有些时候这些朋友我从来没有见过，他们只是通过我的作品而认识我。一件针织背心，一件柔软漂亮的白色羊毛衫，一个草莓粉色脖套，这些礼物无不使我格外珍惜！伊娃·勒·盖丽妮给我织了一条非常美好、又长又厚的羊毛披肩要我出去喂鸟时披上。安妮·伍德森自己设计缝制了一个纳纱绣小枕头，上面引用了《向迦梨祈祷》的最后几行——一种大胆的明暗对比设计。打开它时，我为这件礼物及它所表达的爱欢喜得流出了眼泪。

扶持我们永远希望
成为精神的园丁花匠
知晓没有黑暗
生命乃不会临降
正像没有阳光
鲜花就不会开放。[1]

---

1 出自《一颗芥种》。——作者注

今年的十二月我比以往任何时候都更能体会到节日来临灯火通明的含义，现在天变得这样短，我们下午大部分时间都生活在黑暗里。烛光，树上缀满的灯光——我们自己的树，一丁点大小的灯泡从下午四点起就在所有玻璃窗上交相辉映。

接着我又收到以前的学生和朋友一年一次寄来的像贵重礼物一样的长信。他们带给我的是一条多种生活编织在一起的挂毯，略使我有点不知从何说起，但他们的组合凑巧很有意思。我在韦尔斯利大学两个最好的诗人朋友，两个都是具有天资的女子，曾经一同结了婚，又一同停止了写诗。现在她们又各自开始拿起了笔。这消息让我感到高兴。同样也使我再一次意识到一个女人结婚有孩子后继续创作又是多么的罕见。

不管高等院校在某些领域里怎样不济事，它的确创造了一种氛围。在这种氛围中你得按要求而来，几乎每个学生都发现他或她自己拥有一种连自己都不知道的潜力来满足院校的要求。然后突然间一个年轻女子如果结了婚，她就不得不从根本上改变她的生活方式，与此同时她的丈夫却在学业结束后径直朝着目标前进。她不再被期望有自己的理想，而是要承担做饭洗衣的家务，如果她硬要外出工作，那她不仅要有过人之精力，还要有会安排好自己时间的能力。如果她再照料一个小孩，那从脑力工作到养育工作的跨度一定是相当大的。她所渴望的“工作”被各种她完全未曾意料的体力活代替了。再比方说，她一直希望有孩子，她爱得很深，她得到了她曾以为自己想要得到的，其结果是她为自己迷失了方向而内疚和失望。近来年轻的丈夫能够也的确帮助做家务，更为重要的是，他们意识到了这个问题，也迫切希望讨论这个问题——他们之所以迫切是因为妻子内心的冲突影响了他们自己内心的平静。然而事实上，在婚姻生活里，妻子蒙受的是地震般的损失，而丈夫却没有。他的目标基本上没有改变；他的整个人也一直没有什么变化。

现在我把其中一封来信的部分内容写下来，这封信令我沉思许久，无疑我会在以后的几个星期里再提到它。K说道：

> 这一年不同寻常，进展不错，我感觉很年轻。对此你可能感到好笑。然而我的许多朋友现在已开始对年华逝去伤感担忧了，他们对年轻人充满了羡慕，后悔没有珍惜自己的青春——这些人竟然是孩子尚年幼、不满三十的年轻父母！我想我们美国人过分崇尚年轻，这想法确实具有破坏性，它使年轻人对步入成年不以为然，对未来漠不关心。（青春期通常是那样痛苦，一个人要有动力才能渡过此关！）
>
> 好了，我最好还是别再往下说了，我感到我又在进行长篇演说了：我实在是心灰意冷，与当今这些事格格不入，不由得想加入演讲者的行列……
>
> 至于说到写诗，我开始认识到我的障碍是因为

我是女人，这是一个我从来不接受，或者从来也不知道怎样接受的事实。但愿我能和你讨论这一点。我知道你察觉到我仅仅是刚开始对“存在”有一种意识（这就是为什么我对西尔维娅·普拉斯很感兴趣的原因；罗伯特·洛厄尔对她的描绘是“女性”而不是“女人”，且不说这“女性”一词的含义究竟是什么；她突破了女性特质，回归一种自然，尽管我想这还是有性别的，但它甚至不可以用“女性”来称之，这让我觉得震撼）。至少我可以看到那个从男人角度出发弗洛伊德式的精神分析家企图使我接受的一种解释是不恰当的，这种解释让我背上了婚姻决定了女子地位这个包袱。我很感激所有那些醉心于妇女解放运动的狂热家们；我们需要这些不循常规的神奇人物把我们的怨恨和困窘公之于众。就我和妇女解放活动初步接触以来，这一年我在自己身上发现了不少新东西。以往僵持不下的内心冲突得到了缓解，同时我意外地发现我对男人竟是那样充满了敌意。我一直在拒绝语言，因为它是一种男人的发明。我诗歌中所表达的声音尽管出自我本人，到了纸上却变得具有了阳性，我觉得我要摧毁那在我的生活中为D留有余地的语调，那种以阳性为主的角色扮演。这不仅是我的问题，也是一个家庭历来就有的习惯，这习惯注定了妇女深深的痛苦的怯懦；对于我来说这尤其不能容忍，因我生性与消极被动大相径庭！幸运的是，除了你以外，在我所有的朋友当中，D是唯一似乎懂得我的人，或者说他至少不否认一个事实——一个违背了精神分析学原则的事实——如果我出现了什么女人方面的生活危机，他是最受威胁的人，他可能是我对男人怀有敌意、发泄恶气的近在咫尺的活靶子，他会被我因内心失去平衡而情绪波动搅扰得不得安宁。

这封信道出了关键之处。它使我感到深深的不安。现在至关要紧的是一种对女艺术家、女作家没有信心的态度。K认为她的才能不再是意义重大的或者有效的了，语言本身就属于男性的发明。这无疑是砰的一声关上了门！然而我相信这扇门还会打开的。像她那样有才能的人，内心的躁动最终会冲破理智的约束，对她现在所否定的重新做出评估。她所写出的东西也终将会是她自己的声音。我时不时地遇到这样的人，说话声音似乎很做作，不是从身体中心发出的，而是从不自然的音域中发出来的。我尤其想到了女人尖细的嗓音。我不懂什么技术上的音域分布，但我一直都想说："看在上帝的分上，实在一点，用你自己的声音来说话！"这和诚实与否没有多大关系，也许（K极为诚实）只是说明一种自我肯定：我是我自己。

1月5日

现在是我该缓口气，把涌进来的喧嚣世界丢在一边的时候了，至少每天抽出几个小时来消闲，在这只有一个女人静心深思的修道院里重回我自己的生活。但却丢不开敲门声。昨天下午，用了几个小时安静地集中赶着写了几封回信，然后决定擦洗浴室的地板。刚干完，心里正得意，浑身还很脏，就听到门铃响了，在雨雪中站着一位来自俄亥俄州的女人，她要去康科德，途经纳尔逊便决定径直前来叩门。大约一个星期前她寄给我一封很不错的长信，是关于《爱之种种》的，那封信我还没有作答，好在我还记着这回事。人们永远也不会意识到我不可能对每一封落到这里的信都记着，这么多不相识的人寄信来，我不得不读完，然后为了喘口气把它们推在一边。她在此待了半小时。这半小时的来访打破了半个下午缓慢的节奏。这段时间里我都是漫不经心地做一些零零碎碎的事情，写几张卡片，或是做什么轻松自在的活计，不使自己真正伤神费脑，或是做出深度的回应。

这么一打扰后，供暖炉突然停了，我不得不在那间雅致舒适的房间里把壁炉火烧得旺旺的，好使庞鸱——鹦鹉感到暖和，然后我打电话叫人来检修炉子。仅一小时检修工就来了。生活在这个国家里，这一点是最令我高兴不过的，不论什么时候需要人工，随叫随到。

九点钟时我强迫自己收看尼克松与四位电视评论员的不是谈话的谈话。他的回答——一个人在做噩梦时是不可能构想另一个美梦的——为他自己做了极好的说明。他对人的感觉完全缺乏想象力。因为无疑美梦正是在做噩梦时诞生的，因为它能够有效地表现出来……一九四〇年时的丘吉尔，经济大萧条时的罗斯福。尼克松的灵魂是多么狭小！使人心神振奋的是这窒息人的一小时之后紧接着是布里克林[1]对六位中学杂志主办人的采访——两个黑人，一个中国人，四个中产阶级白人。这些孩子口齿伶俐，关心局势，有思想，又实际。但是尼克松所说的又能给他们什么希望？不管怎样，他们的谈话使得寒冷的空气变得暖和起来，我怀着对未来感到愉快的心情上了床，脑子里仍在想一个十八岁的人投票选举对改变沮丧不堪的境况起着怎样的作用。

现在……现在……回到内心世界里。昨天收到了一张D的便条，他现在负担重得可怕。一方面他在攻读教育学硕士，一方面又在公立高中任全职教师。便条上写着："只能是几句极为短暂的话，梅，祝你在严峻的一年里，每一天都有无限的安宁和无尽的力量。我们虽很少见面，但我们一起奋战，我们会胜利的。"在一九七〇年我最好的记忆中，有两次是和D的长谈，谈我们的私人生活和爱情。我们知道彼此都属于一类人，这类人必须赤裸地行走（用叶芝派的话来说，"赤裸地行走需要更多胆识"）和意志顽强中保持一种平

---

1 布里克林（1920—2003），美国电视新闻播音员。

衡，不被高度的关注和如此的坦白所击败；在急切想分享经验和需要时间来体验中保持一种平衡。后一种平衡意味着自我隐遁，在要成为自己和要把自己给予别人中保持一种平衡……当然这些都是紧密地联系在一起的。D很了解女人，对一个恋爱中的女人要保持独立以及她自身发展的多种需求极为敏感；他之所以痛苦是因为他慷慨无私。然而他也有勇气斩断不曾也不会有什么好结果的关系。当我从另一方面，从女人角度来思考这一问题时，这一点尤其对我有启发。D一直被期望没有异议地接受不忠诚（“我得有我的独立性”），一种不能以任何方式来压制的绝对要求，从我的立场来讲，这看上去十足的残酷。他比他的女伴年龄要小七岁左右，但在心智方面却要成熟得多。我对这个男人格外地尊敬。如果他在十三四岁时没有经历那场自杀性的忧郁症以及后来多年的精神病治疗，他会是现在二十岁刚出头的他吗？现在他很有力气，足以挑起很重的工作负荷。我想到了他，也想到了昨晚电视上涌现出的那些满怀希望、信念而又谦逊的更年轻的孩子们。在他这个年龄时，我是一个蛮不错的情人，这只是从浪漫角度上讲——我甚至还没开始像他那样想到“另一方”的事，我的抱负可没那么远大。

想到年轻人就觉得有了希望，想到生命在延续同样也使人满怀希望。现在我已五十八岁，在过去的一年里，我才刚刚开始懂得什么是爱……强迫自己像园丁耕种或除草一样一遍遍地屈膝，这样我可能使爱情之花再一次绽开，使它真正成活。

我在读书中卡琳顿写的信，一个热烈忘我地爱上了利顿·斯特雷奇[1]的女画家，在他死后不久她便自杀身亡了。这本书扰乱了我的心。内心深处我对这么多的涉及感情和隐私的谈话有种怨恨。然而布卢姆斯伯里的好处也许正是在于这一点——对私人生活出人意外地诚实。他们承认每一个人的生活里会有许多复杂的、可以滋润人心的爱情，以及爱情的多种多样。他们承认几乎每一个有心于艺术的人都会碰到这样的情况：模棱两可的性生活，对两性都感兴趣，以及包括性生活在内的充满激情的友谊（这在米勒、梅勒和海明威讨厌的男性表现主义以及角色扮演后出现显得多么明智！）。他们不仅在艺术创造上取得了令人惊叹的丰富成果（绘画、诗歌、小说），在经济学领域里也取得了丰硕的成果，而且他们都过着一种不同寻常的、却并不混乱和自我放纵的生活。如果说他们是神经质的话，他们也是有教养的、让别人也受到熏陶的神经质。他们尤其令美国人怨恨，因为按我们的清教徒式的道德标准来说这神经质似乎是“出了格”。可我们却可以极为轻易地接受确认的精神病、吸毒者或不管什么样的人，这种可怕的例子都可以让我们理解。这些人简直好得有点太过分了，令人有点不敢相信。这些人是怎样勤奋工作的，得到的又是什么样的乐趣！也许闲话，流言蜚语，讥笑，有时是蓄意诋毁偶尔影响了我们对正派的理解——不是没有理由的。然而正派对他们来说，无疑不

1　利顿·斯特雷奇（1880—1932），英国作家，批评家。

过是在于事情是怎样做的，而不是事情被说成什么或者做了什么事情。

据说薇拉·凯瑟[1]的私生活很复杂，但她极小心地避开了众人耳目，甚至到了在她死后禁止公开她的私人信件的程度。这和弗吉尼亚·伍尔夫公开承认《奥兰多》是以她和维塔·萨克维尔-韦斯特的友谊为背景的有着多么大的不同。是不是在美国这里，父母亲挡着道？抑或是害怕如果自己吐露真情会伤害了父母某一方？

我的信仰是，如果你是一个严肃的作家，你应该把自己当成一种体验生活的仪器。生活——生活中的一切——都从这个仪器里流过，从这个仪器里过滤出来，流入到艺术作品中去。一个人私下是怎样生活的和他的作品有着直接关系。在某种程度上我相信一个人不能由于害怕疏远想象中的读者或是至亲好友而避讳不谈，要敢于道出真情。如果我们想要了解人类的状况，如果我们想要承认我们自己是错综复杂的，其表现在于自我怀疑、感触过多、内疚、喜悦，及缓慢的自我解脱，直到用全部的能量来行动和创造，那么作为一个人和一个艺术家，我们之间就要尽量相互了解，就要心甘情愿地裸露自己。

1 薇拉·凯瑟（1873—1947），美国女作家。

1月7日

一上午都在伏案写作——现在已是下午——想使那闪现在脑海中的第一节抒情诗有一个纯粹艺术的结尾。我不应该感到时间是这样不够用，但我确实感到如此，我想我永远会是这样的。叶芝讲过他一个星期作一节十四行诗。危险当然是在于过分地咬文嚼字，这时你发现自己是在玩弄辞藻而不是在想象和构思。我的问题是使暴风雪中的情人们与我望见的一大片白色孤挺花之间有一个可行的过渡。我的目光越过走廊落在那间舒适房间里——七朵奇特的大花，我坐在这里，它们在那边一直默默地发出和散那[1]之声。

像现在这样愉快充实的独处时间里，任何干扰，任何社交的打搅，任何义务职责都会扯断我梭织机上的织线，打乱我的图案。两天前的晚上，我突然在最后一分钟接到电话要我参加市民会议……这真使我为难。但至少大家在一起时我知道了些事情：一位邻居告诉我她遇上一次小车祸，她设法说服当地报纸不要报她的真实年龄（驾驶执照上的年龄），在报纸上只说她三十九岁！我对这只有我们两人知道的秘密实在是感到惊奇。我为自己已是五十八岁的人感到骄傲，在此年龄，我仍然活蹦乱跳，陷入情网，更富有创造性，心绪和平，比以往任何时候都更具有潜力。我也许对生理上的老化有几分

1　和散那，赞美上帝的用语。

在意，但并不真正放在心上。瞧着比尔送给我的伊萨克·迪内森[1]那妙不可言的逝世前的照片我就更没有丝毫的介意了。毕竟随着时间的推移我们自己构造着自己的面部，但谁又能在年轻时看上去像她那张脸？从她的脸上你看到的是难以形容的美好笑容，那是一张与世无争和充满了喜悦，在经历了人生后把生死一切置之度外——任其而去的脸孔。

脸上出现的一道道皱纹比之我整个人过去一年里的心理状态显得并不重要。在安迪代我发言讲到《诗人与蠢驴》的某一处时，他说道："不要剥夺我的年龄，它是我挣来的。"

我的邻居希望永远被人们认为是三十九岁，这使我想起了K在信中所说的三十多岁的人们伤感于青春的逝去，是因为在我们的精神文化中没有把成熟作为一种财富来看待。然而在我们之前又有许多例子都说明了这一点。艾略特似乎只有到了七十岁的时候才有一个性生活圆满的婚姻。叶芝五十岁或五十多岁的时候才结婚。我到现在才开始体验到我生活中最为充实的爱。但不知什么原因，美国人对过了中年仍然热烈地相爱这一念头怕得要死。难道他们对活着也感到害怕吗？难道他们认为死，比方说，才是没有危险的？当然一个人在陷入情网后总不会感到安全。生存发展就得有一定的要求，也许是危险的，因为在其中有获得同时也有失去。但是如果一个人不再发展了为何还要继续活着？有什么高需求的环境能比任何形式的爱对我们的生存

1　伊萨克·迪内森(1885—1962)，丹麦女作家。

发展更能起作用？对我们来说，有什么能比维持一种能使我们道出内心最深的隐秘和倾诉内心最深处的感受这样的人际关系更为重要？

我的邻居希望永远是三十九岁，她这样做是出于一种担忧——害怕假若人们知道了她的年龄后她将不再具有“魅力”。但如果一个人想要得到一种成熟稳重的关系，他会在他的同龄人中去寻找。我难以想象和一个比自己年轻得多的人相爱，我把爱情看作是感情教育，关于爱从年轻人那里我学不到什么。

1月8日

昨日一天显得异样、仓促、散乱；而这竟是在我不必外出待在家里时出现的情况，但阳光却很好。今日我觉得精神集中，时间不再是一个宿敌而是成了一位朋友。早晨气温降到零度，我在书房里烧旺了壁炉，书桌上花瓶里插着些黄玫瑰和含羞草。房间里有一种松弛的气氛。我们是一体的，房子和我，我乐意独自一人——可以思考，可以自由自在。这种时间上的无拘无束算得上是我最难得的奢华，有了这种奢华，我觉得我实在是富有得很。此刻我感到我的生活和工作是充实的，这种感觉只在今年，或者说最近几个星期以来才有，以往我很少体验到。我朝左面望去，在晶莹碧蓝的天空衬托下，一株如火如荼的仙客来上三十几朵花轻盈地迎着阳光，给人一种阳光倾泻在彩色玻璃上的印象。我把一大堆未作答复的信装到脚底下一个纸箱里，这样它们就避开了我的视线。现在我要再一次试着把那首诗弄好，最后一行仍然是个问题。

1月12日

今日在下雪。一个人决不能擅自断言自己感觉良好；可怕的事肯定会发生。复仇女神两天前晚上又出现在了窗口，我令人畏惧地对X发脾气，大发神经，满腹怨气，接着又是像以往一样自食其果，忧心如焚。这旧病复发实在是可怕，我已有好几个月没有这样发脾气了。自以为已把复仇女神彻底赶走，原来却是这样。复仇女神自己最清楚。

无可置疑任何一种亲密的关系都会不时出现这种恶劣状况。内在世界的炸开常常是因为一件琐碎事情以及抱怨（总是有某种衡量的尺度）而突然发泄出来。事情过后两人都感到伤痕累累，羞惭不已，都觉得自己是这场事前没有预料的你死我活的战争的幸存者。但最危险的是夸大了事情的严重性，导致我昨晚那样惴惴不安，以致我的头发都湿透了。唯一有这种体验的是我在生理上感到剧烈疼痛的时候，那时我得了憩室炎在医院里住了一个星期。

这种时候，整个人，从生理到心理，完全失去了自我控制，处在骚动不安中，我们只能等这种骚动平息下来才能知道发生了什么事情。今天早晨我感觉稍微好一些，昨晚X确实打了电话过来。我们会慢慢回到这场争执之前的状态中去。一个人付出了大代价，然而每次都像酒鬼宿醉难受时赌咒一样："下次再不了！"恶魔缠身的争执却继续进行着。这代表精神上的消耗。我所能做的就是起床，整理床铺，洗洗早饭后的餐具。一时间干什么都没有意义。唯一感到慰藉的是至少我没有再重新开始吸烟。这是我戒烟的第五天。我仍然觉得我的每个"微不足道的享受"都受到了剥夺，感到枯燥、沮丧。但我决心已定，为了X，也为了我自己，一同来改掉这坏习惯。

一封电报打断了我的思路。电报是J打来的，与她住在一起多年的姐姐昨晚突然去世了。如果这事发生在X的身上，我们又正在怄气中，事情会怎么样？一个人只有把自己所爱的人置身于随时都会遭遇不测的事实中才会有所醒悟。面对如此不幸，比之真实的爱和爱的持续，这样一瞬即逝又是这样美好，其他一切又算得了什么？

我本来打算专心写一天日记，记下此地所谓"平常"的日子……可复仇女神又出现在了窗口。平常日子看上去空虚，在严谨的组织安排下会是最富有创造性和最珍贵的日子。每当我想念纳尔逊时，像我在日本时那样，我就想到了这些天堂般的平常日子。然而正像一个囚犯一样（冬天大部分时间我的生活都受到禁锢），我明白最起码的就是把该做的事情做完。床铺要整理（这是我最不愿做的事），盘碟得清洗，把家收拾整齐，然后我才能舒心坦然地工作。辛苦劳作后总得有些酬劳，过去常常是在把垃圾倒出去或清理庞鸥的笼子后吸支烟算是一种慰劳。冬天，不能在园圃里干活，就尽量来收拾柜子里的杂乱什物。这一星期我一直在整理楼上的杂物——从旧靴子到圣诞树装饰物，破旧的床单被单，还有料理盆栽园圃的工具家什，这些东西都令人难以置信地乱七八糟地堆在一起。温·弗伦奇不久会给我做一个沿屋檐放置的长架，长架下面带有四个隔柜，可分类储藏：冬天的靴子、毛毯之类、冬装及圣诞树装饰物。我在这里住了已有十二年，令人惊讶的是到现在我才开始解决这个问题。事实上我搬进来后即开始写作和种植园圃。这是我所追求的——每日有节奏的生活，在诗中神游，莳花弄草，在这幢房子里入睡醒来。别的什么就不足以费心用时了。我可以用一整天来做家务，可我不愿这样，只要乱七八糟的家什放在橱柜家具里，眼中所见是美好协调就行了。只有在不时地看到橱柜里的东西乱得太不像话，足以扰乱我的心绪，才觉得应该整理一下了——整理之后心情非常舒畅。按照一年里的常规来说，一月份是整顿清理、翻阅花种目录的时候。订购花种是对搞完所得税统计的犒赏。

我一直在考虑这个事实，即不管生活中出现什么样可怕的风暴，只要你生活坚实稳固，你就会受益于它而顶住可怕风暴所带来的灾难性后果。对于大多数人，他们的专职工作可以帮他们做到这一点——心理负担重的时候，常规的生活使他们得到一种缓解。而我则不得不为自己开创一条出路。现在该取信了，得把车发动起来。

1月13日

昨晚是狼月（满月），这个名字起得很好。月光如水一样朗朗照在四周明晃晃的白雪上。我未能入睡，起来三四次看温度计——凌晨三点时温度是零下十度。我上了床，想到水管有可能冻结，十分焦虑，所以又起来把所有水龙头都拧开。就在我刚刚睡着了的时候，估计在四点左右，一声巨大的砰咚声划破了深夜的寂静，一只叫不出名字的动物在地下室楼梯周围撕咬。我试图使自己相信这是一只花栗鼠或大一点的田鼠而不是一只巨鼠！我很少有一个晚上在这里睡个通宵，但在我睡了几小时醒来后，在没有任何打扰、什么都不需要做甚至不必起来的这段时间里，我酝酿着思绪，有时在此期间我的思考最有成效。昨夜很不平静，外面冷月清照，内心又因想到自己发的脾气而不安起来。感情风暴最为可怕之处自然是对所爱之人造成的损伤。事情过后好多日子我被迫设法和自己达成协议，承认是我自己起了毁坏和破裂的作用。内心的羞惭多于悔过的感觉。

我仍然觉得受到了那《时报》评论的极大伤害。它使我失去了平衡。这件事就像一个人刚在一场竞赛中起跑就被绊倒在地一样。

这些日子X对自己的工作抱怨不止。相比之下，我的"工作"一定显得容易，整个生活方式似乎都是在自我纵情。也许某种程度上是这样。我们在一起待一个星期，然后又被迫分开，各自回到自己的生活中去，怀着一种荒唐、不理智的情绪相互怨恨我们工作的不同。

1月16日

这星期很糟糕。几乎什么事都没做成，浪费时间……情绪一直很低沉。星期三的午餐相聚也没起什么作用。经常一起吃午餐实在没什么好处。这些午餐聚会把一天中最好的时光占去了，占去了一上午工作时间。再者，这大冷天也损伤人的能量。出去几分钟喂鸟或发动车，我都能感觉到热量像流沙一样流至外面。

1月17日

早晨起来气温是零下二十度。甚至那暖和舒适屋子里的温度竟也不到华氏七十度（恒温计设在华氏八十度），我实在担心庞鸥会冻死，所以起来后第一件事就是在那屋里烧起壁炉；为使自己也暖和，早餐就在那里用，另外，让人开心的是打开庞鸥的笼盖，你会听到它要“出来”的欢喜悦耳的尖叫声，然后它瞧着镜中的自己发出喃喃细语，它是一只很好的看家犬，或者说“看家鹦鹉”，原因是这个时候邻居们的狗出来放风经过这里，不论什么时候，只要有狗跑进园圃，庞鸥就会很不高兴地骂起来。

现在是九点。收拾了床铺，换上干净的床罩被单，又把土豆皮削了，煮成半熟，剥了豌豆，为星期天晚餐把该准备的都准备好，K.马丁要来了。

昨日晚饭前，我正把上星期的晦气和不顺写下来，一辆车驶过来带给我一个纸箱，里面是一束黄水仙、蓝香蒲及褪色柳，另外还有三枝黄玫瑰。是安妮·伍德森派人送上门来，可爱的人儿，为了祝贺新诗集《一颗芥种》的出版特意让人送来。书是昨天寄来的，这使得本来分散的时间更分散了。显然我得把刚刚出版的第一批书包好寄给朋友们。只有我和这个新生儿在一起，身旁无一人可以分享我的情感，情绪不免低落。我拿起它，这里品品，那里瞧瞧……一本奇特的书，记载着那奇特的年月，谋杀层出不穷、浩劫连绵不断的六十年代，使希望破灭的战争、黑人问题、失业，所有这些都瘟疫般地缠着我们。

外面如此寒冷，屋里有春天的鲜花是很美好的——这一天明丽灿烂，天空蓝得像沙特尔大教堂彩色玻璃上的蓝那样诱人。一束束长长的阳光投射在地板上，可寒气仍然钻进来。寒冷真让人泄气。

1月18日

今天早晨稍微暖和一点，气温是零度，而不是零下二十度。在电热毯上面又加盖了一条毯子，我睡得很舒服，不像前一天晚上那样冷得打战。醒来后想到了这本日记。有些话题不时重新勾起，需要不停地挖掘它们。围绕这些话题，多年来我广积他人之智慧。我并不想让此书成为一本语录集，而是在对一些概念进行阐述时，不时适当引用些名家哲言。为此我方才用了近乎一小时不停地翻找弗兰纳里·奥康纳[1]《人造黑人》一书中一段精彩的话。它在过去这些年里不知有多少次把我从困境中解脱出来。开始是我为自己动怒而羞惭，到后来觉得一个人必须自己原谅自己，这样心灵会因获释而感激涕零。我确实相信得救与创造是一个持续性过程，由于一种恩惠的施与，我们才得以进入这种境界，尽管我们认为自己受之有愧，也许多数情况下都是这样。这段话是这样的：

> 赫德先生很平静地站着，感觉到慈悲之举再次触动了他，但是这一次他却明白世界上没有任何一种语言可以说出这是什么样的慈悲。他懂得它滋生于极度痛苦之中，对任何人都给予接受，对待孩子们极为奇特。他晓得那是一个人死后所有他可以带着去见造物主的见面礼物，突然间他感到他可以带去的是少得那么可怜，不由得羞惭满面。他惊恐不安地站着，让全能的上帝审判着自己，与此同时慈悲之举像火焰一样包裹着他骄傲的心，使之烧成灰烬。以往他从未想到他是一个罪孽深重的人，此刻他明白了为了不致使自己彻底失望，他的堕落隐藏得是那样深。他认

1　弗兰纳里·奥康纳（1925—1964），美国女作家。

识到从人类一开始，从他的内心藏着亚当之罪到现在他拒绝了可怜的纳尔逊，他的一切罪孽均得到了宽恕。他看到再没有什么罪恶像他自己的罪恶那样恐怖，既然上帝以宽容为怀，仁爱每一个人，他觉得就在那一片刻他已准备好进入天堂。

这一天异常空闲。我感觉不大舒服，无所事事，瞧着靠在周围白墙上的水仙花，有两次想到我一定是起了一种幻觉，因为这水仙花奇特的香气从这间屋里飘到那间屋里。我总忘记无所事事的日子是多么的重要，有些时候什么事也不做，甚至没有必要写几行日记，这可是很重要的。我依旧摆脱不了对工作的嗜好，这是从我父亲那里继承来的。如果有一天你没有尽全力，这一天就显得有残缺，是有罪的一天。决非如此！对心理最有好处的是偶然任其放松，逍遥自在，置身于光线变换的房间里，无论什么都不要放在心上。今晚我确实感到心境优雅、柔和，灵便轻松。晚饭前我开始把这两年来的诗整理出来……有很大一摞。到我六十岁生日时，我打算出版六十首新诗。现在来看，它主要是一本爱情诗集。我开玩笑称它为《六十岁时六十首诗》。

1月19日

今天气温是零下十度，闪亮的如彩色玻璃一般的蓝天此刻显得很无情。我渴望随时有一天变得暖和起来，下着雪，轻柔的雪。

强加于人的观点是多么的造作，人们被期望接受一种清教徒式的道德观。热烈的爱情只属于年轻人，人到了四十岁，生命的一半多已去，从这个年龄起任何深沉热烈的情感都是荒唐可笑或者是大逆不道！法国人始终认为我们爱的能力是会日渐成熟的，如果爱情有什么好处的话，那就是随着年龄的增长它会越来越好。大概这神话并不是我们心目中的清教徒传播的。也许与之正相反的是，对清教主义的反叛为打开另一种新道德观开辟了途径，在这新道德观念里，性是神圣的，性的优胜者才是真正的英雄。这也就是说中年或老年丧失了优越性，然而我们的优越性在于爱情本身——我们知道的是这样多；我们在对付忧愁、困扰，甚至在我们自己的浪漫主义方面要有能耐得多；再者，在我们的内心深处我们又蕴含着那么多的柔情。我们拥有的是莫扎特时代的温柔细腻。

表面上我的作品并不显得偏激，然而也许人们终将认识到我一直在以一种美好、安详、诱人的方法柔和地表达偏激的观点，这样做的原因是它们可以潜入人心而不致使人感到震惊。我对同性恋的内容是那样忧心忡忡，鼓起勇气才写出《斯蒂文斯夫人听见美人鱼唱歌》一书。此书描写的女同性恋者并不是什么嗜性成癖、酗酒、吸毒或在各方面令人反感。它是一本客观描绘一个既不让人怜悯又不令人讨厌的同性恋者的书；一本正视事实的书：即在现实生活中，这样的生活少有幸福，在这种生活中艺术占着主要成分，因为爱情不会像通常概念中的那样完美。

然而我十分清楚，倘若那个时候我有家人（我写那本书时父母已去世），我也不会“提高”到要写那本书的觉悟，或者是假如那时我有一份正常的工作，我也许不会写出那本书来。我之所以感到身负重大责任，是因为我可以付出诚实的代价。危险的是如果你被认为只注重于性方面的内容，人们就会从一种曲解的视角来阅读你的作品。在创作《斯蒂文斯夫人听见美人鱼唱歌》之前，我先写了几本有关婚姻和家庭生活的小说，然后才开始动手写此书。

“你怎么知道这么多有关婚姻的事情？”最近竟然有那么多人问我这个问题！对大家庭生活的留恋部分地对这个问题做了解释。对大多数人来说，每个家庭有好几个孩子是极为正常的，而对家里唯一一个孩子的我来说却是极为浪漫的。当我还是孩子的时候，我总是被借到别人家里去，夏天受邀去别人的家里住一个星期或一个月——克萨基的布顿家里，罗利的科普利·格林家里，邓肯斯巴瑞的鲁克利斯家里，尤其重要的是与比利时布鲁塞尔郊外林鲍奇斯家人一起住过。然而并不是在这些家庭里我才对婚姻生活有许多了解，或者是有意识地观察到了——大人们之间的关系是模糊不清的；那时重要的是他们与我们孩子们之间的关系。不，我是从我父母以及他们美好而有硕果但却痛苦不圆满的婚姻生活里懂得了许多，从我自己的私生活以及我所爱的男人女人那里懂得了许多。

我说这些是想指出美国人的道德观念基本上仍然是清教徒式的(无论我以上说了什么)，它并不是以生活有成果或类似的理由为基础，而是建立在一种禁锢、限制、伦理准则的基础上，一个人要想成为完完全全的人就不得不对此提出疑问。正是这种疑问以一种健康的方式冲击着这个社会，青年人正在为一种新的道德观念战斗。这个过程常常显得混乱，甚至于出现暴力，但最终我们会找到一种稳固和谐的道德观念，因为要想发展就不得不具备这一点。我所收到的来信充满了饥饿的呼喊，对于深刻充实的经验的真实呼喊。一个女人如果家里摆着人造假花，这些假花只需一年清除两次灰尘，但永远不会死去，她就等于把自己关闭在了解死亡的大门之外。倘若一个女人停留在三十九岁，那她毫无疑问就像一个一百年前的中国女人把脚缠起来一样把她自身的发展禁锢了起来。

一天我收到一本仍在校对中的小说，这本小说被断言将引发非议。此书描写四个五十多岁的女人住在纽约一所四层老式公寓里。对她们每一个人来说，性生活是她们生活中的主要部分，但这性生活内容却被形容得那样冷酷无情，女人们被描写得一点“情感”都没有。我不由得想到这本书是不是一个男人用了笔名写的。她们什么人都不爱，只爱自己。她们都沉溺于粗俗不堪的性行为本身。作者刻画一个这样的女人也许还说得过去，但四个女人都是这样则表明作者是一个厌恶女人之人。假使不是一个男人写的，那么这本令人惊愕的小说的作者一定是很年轻，年轻得到了认为进入老年前的中年女人像鬼怪一样可怕的程度。我给出版商们就此书写了一封毫不客气的信。

当我说到生活与爱情随着年龄的增长而增进时，性行为似乎是最不重要的事情。在任何年龄我们的发展是指在意识方面的扩展，学一种新语言，或是一门新艺术，或是一项新手艺（园艺？），意味着以一种新的眼光来看待宇宙世界。爱情是对一个人的升华最起作用的因素之一，因为爱情需要我们去“接纳”那个陌生的人，去理解他，去让这种关系的设想付诸成效；同样也需要我们自我节制与宽容，如果爱情是热烈的，它就更具有烈性与危险性，迫使我们走得更深。伟大的艺术作品同样也如此……里尔克在《远古阿波罗残雕》中说道：

> 这里没有什么地方不可以窥见到你。
> 你必须改变你的生活。

1月27日

一月中旬开始解冻，这周末去和X待在一起，从那里回来了。但昨夜气温几个小时之内降了三十五度，世界又冻僵了。现在，时间是四点半，气温在零下，冷风无情呼啸着。山雀看上去那般纤弱，轻软的羽毛被风吹得四下撩飞。书房里壁炉在烧着，一盆金灿鲜黄的水仙花放在书桌上。水仙花的清香，间有柠檬和某种甜丝丝的、更像是热带植物的馨香飘萦在空气里。下午种了几盆水仙花，还把两盆孤挺花放在窗台上。我担心天气太冷，不利于它们的成活。

那只野猫回来了，正喵喵叫着。以往，它用那绿色的眼睛盯着我，沉默地等待着。我把牛奶肉食端给它，但等我去取碗碟时，牛奶冻住了，只吃了一半。好在它及时地把肉吃了。但愿我能说服它进来，但它实在太野了——我一放下碗碟它就跑开，直到它看不见我了才开始舔舐食物。

孤独伴随着我。回到这空虚的房子里是可怕的，可这里又有那么多的事等着我去做。至少温·弗伦奇把我为储藏室设计的那个长架做成了。它瞧上去无可挑剔，四个有盖箱子可以放一些零碎杂物。有个能制作这类东西的邻居真是太好了！

只是我周围的空气死气沉沉。这些日子我活跃不起来，像是被放逐到这里一样。整个上午用来整理我的书桌，打长途电话询问演讲事宜，填所得税表（通常使我头痛的事），有片刻工夫电话出了毛病——一天里这些不顺心的小事以及轻微的焦躁不安吞没了我的宁静。我觉得自己蠢笨浮躁。

我不由得想到乏味无聊和惊慌不安是独居必须要对付的两个魔鬼。今天下午我躺下来时竟不得休息，只得起来，原因是我由于惊慌而出汗，为没有什么理由的理由惊慌，我猜想是独居的惊慌。

此刻我对我这里的生活感到厌倦。这里的生活对我没有足够的滋养。有些时候这里缺少美好的对话、剧院、音乐会、艺术展览——文化生活——这时就会形成一种乏味的真空。正如我多次对X说的，真正的问题在于独自到纳尔逊探索的日子已过去了，现在我只不过是继续我曾有过的忙于写作的生活罢了。

我感觉衰老，迟钝，不中用了。

1月28日

冷得使人麻木。今天早晨我吓坏了，以为庞鸥要死了，这些夜晚实在寒冷刺骨。屋里的温度竟然达不到华氏六十二度，但当我打开鸟笼盖时，它好像很欢喜。我准备用电热毯把它围起来，这样它就会像烤面包一样暖烘烘的。

刚刚答复完从俄勒冈、加利福尼亚、宾夕法尼亚、印第安纳州寄来的有关《爱之种种》的信件。我很想知道他们每一个人是怎么样得到这本书的，又是怎样发现它的存在的。比方说它从未在《星期六评论》上得到过评论。

2月1日

今天早晨又是零下十度，可我睡得很好，因我知道庞鸥是安全暖和的。电热毯的作用真不错。一夜醒来几次，在屋里四处走走，查看水管子是否冻结，又停下来思索。群星硕大，从玻璃窗望去，它们看上去像牛眼菊。

只要设想一下，如果没有这些安静的日子，这些没有直接压力的日子，情况会怎么样，我就会意识到这些日子对我来说是多么的珍贵。昨天下午阳光照在这间舒适惬意的屋子里，是那样的美，正像我每年这个时候看到的阳光一样，壁炉旁边的墙柜被照射出大理石般的花纹，太阳落山时光线转过牧场尽头的小山群，变成了深艳艳的玫瑰色，在每一棵树底下阳光把长长的树影投在了白皑皑的雪地上。这时候的光线细腻，更加柔和，不像一月份时那样冷酷得明灿晃人。再说好不容易太阳推迟了一小时左右落山，这自然是再好不过了。

前几天有一位朋友的房子被盗（她出了城），凡是贵重的东西从电视机到古董玻璃器皿、瓷器，所有的灯具以及价格昂贵的灯罩均被盗走。她讲述了这次被盗的感受，她时有恐惧，感觉到一种模糊不明的“敌意”。其实袭击并非有意冲她而来（不管怎么说，我估计不是），但这盗窃给人的感觉好像是这样。也许盗贼们吸毒成瘾。奇怪的是此地住宅却不经常被盗。我因为是住在村里，因而某种程度上免遭此劫。当然还因为事实上我没有美国人拥有的古董，而这正是盗贼们所觊觎的。然而近三年来我第一次在这房子里感到了害怕。害怕不怀好意的陌生人可能前来敲门或是砸碎玻璃进来。

英国的邮政局已罢工有两个多星期了，未能和那里的亲戚朋友们联系是很不寻常的事。我的表妹珍妮特寄给我三本诗集作为圣诞礼物。我又可以埋头读阿瑟·韦利译的中国诗歌了！读着这些诗，感觉到从字里行间流泻出的力量，这力量又是何等的影响着读者的情绪，夜深人静时我梦想写一些安详幸福的诗歌，描绘雪中之影或是室内墙上的光亮。这有可能吗？抑或是诗歌对于我总是一种对付紧张情绪的媒介？它只是在紧张情绪之间摆动？

珍妮特还送给我一本特德·休斯的《乌鸦》。时下有一种时髦（始于伯瑞曼），即物色这样的一种人作为典型人物，集蛮横、阴沉、幽默、笨拙于一身，借这种人的性格来倾泻郁闷、愤怒及疯狂的大笑。我们对总是表达我们自己，裸露自己，感到厌烦了——是这样吗？女人没有感到物色角色的需要，可我却知道女人远远要比男人对充分表现自己更感兴趣。女人在很大程度上把生活内在化了，诗的内涵正是用来表达这种内在的。诗的形式可以产生一种必要的“距离”，使你看清你自己。我感觉不安的是虚张声势的裸露。这种裸露令人感到龌龊难堪：“看着我……我不令你震惊吗？”然而透明不会让人震惊：“看透我，找到每个人，你自己。”在极细小的微粒与本质之间横亘着诗的境界。

然而这样写的时候，我听不到波涛的呼啸，感受不到逆流在把我拖向那丰富的下意识的创造世界中去。

2月2日

今天早晨我像水银柱似的上下摆动。醒来后感觉得了流感，头疼、恶心。可天空却是那般明丽湛蓝。这天早晨阳光具有如此强大的力量，以至于吃过早餐在床上躺了半小时后我感到生命像白兰地酒一样流回来了。我兴奋、颤抖，想到我在这里所有要说的话和要创作的诗歌——当我躺在那里，诗歌的形式像海藻般在我内心的海洋中轻轻移动——最后我身上有了劲起身下地，把松木拿进来（七点的时候这似乎是不可能的事）。那长长的、摇摆的树影水平线又一次使我停在洗碗池边看了它们几分钟。

我们置身在这强烈的、蓝黑白分明的冬天世界中，几乎很难想见夏天是什么样的情形。远远的小山群在树林后面消失，最后看到的是繁茂的枝叶。所有此时之白色和所有彼时之绿色形成对照！某种程度上我最喜欢冬天——不必在园圃里劳作的解脱！冬天的严酷和明灿，就像一个人在明媚夏日里去海边的体验一样。同样的原因，冬天不时让人感到困倦。

《时报》上有一篇不错的文章，是奥登写的。我读着这篇文章，一边倚在厨房里的围台前吃着一个热狗，很是惬意。他的主题思想是我们正在失去两种珍贵的品质，即从心底里发笑的能力和祈祷的能力，这是一种对狂欢与祈祷的请求，是故意对死亡表示不屑。我想，所有祈求恩惠或是某种特殊礼物的祷告说出后即被搁在一边，只有一个祷告是重要的——"让我和你在一起吧"。这正是披头士乐队里乔治·哈里森在时下最红的歌曲里唱的："我想了解你，我想和你在一起。"西蒙娜·薇依说道："绝对的专心致志是祷告。"多年来我对这一点越是多想，就越觉得它对我是那么真实。在和学生们谈论诗歌时我常引用这个句子，建议如果一个人对任何东西花足够长时间观看的话，专心致志地瞧一朵花，一块石头，一棵树，草地，白雪，一片浮云，这时某种启迪便会出现。某种东西在被"给予"，也许某种东西在事物本身之外一直是现实存在的。我们只有在忘记自我时才会意识到上帝的存在，这并不是说要否定自己，而是指让自己沉浸在崇拜与欢乐之中。

奇怪的是笑声也有同样的作用。当我们进入超然状态，哪怕仅仅只有片刻工夫，我们都能够发出笑声来。

奥登是多么不可思议！他创作出了一种新型的诗歌，较艾略特的诗更为新颖，我想，这是一类与我们通常所熟悉的“诗歌”完全不同的诗，绝不浮华，充满讥讽、实际和诙谐。所有这些均可追溯到拜伦身上，然而奥登有他自己的见解。“让你熟睡的头，我的爱人/把人放在我没有信念的怀抱里”——我记得当我第一次读这首诗时，这几行诗是怎样触怒了我。然而我错了。奥登很少坦诚，如果承认自己是同性恋，坦诚只会比看上去更难。他并没有沉浸在浪漫主义观念里（那样会彻底毁灭，像布罗斯那样，或者充满虚假的魅力）。我们的确都在做一些尝试，试图通过艺术作品把私生活中与公开场合下的人融合在一起。这在过去是不可能的，现在看来在某种程度上是可以的。

2月4日

醒来后瞧见太阳照在一朵水仙花上。我把一扎水仙花和紫郁金香搁在写字桌上，此刻醒来光线正照着一枝水仙，一束光柱投在黄色的花萼和外缘的花瓣上。经历了糟糕的一夜后，这情景使我为之振作，又来了精神。

昨晚，我噙着泪水上了床。经过一天的沮丧和恼人的要求，一阵歇斯底里的哭泣又开始了。诸多要求的其中之一来自一位老太太，她死活求我去看她。我倒不是不可以这样做，只是我实在讨厌她，又担心被她识破。这以前她一直纠缠不休，自然察觉不到我被她搞得不知道怎么办才好。再次说“不”令我感到像犯了罪似的；末了只得送她一本《爱之种种》作为生日过后的礼物。这样做了之后，一上午工作的线索被打断了，再也集中不起来。急赶着去肯尼商店买了食品，取到了别人为我订购的鲜花，这订花的人我并不太熟悉，只因我告诉她我心境沉闷，她便这样做了。实在是尴尬，这又是我的一次过失，告诉别人太多，尽管心境沉闷几乎算不上是抑郁。买了够一星期用的食品和酒。当许多人正受饥饿煎熬时，我不由对自己花这么多钱买食物和酒感到恐慌。

我的确作了一首诗，所以还不至于是一整天都浪费了。我忽然想到，在对自己要求得不够和要求或希冀过多之间要有一种平衡。也许我把自己的视线设得太高以至于每天都重复地以失望告终。寻求一种平衡是不容易的，因为如果一个人没有取得成功的疯狂梦想，就甚至都没有动力去洗碗刷碟。一个人必须要有英雄所想，才会像体面人一样行事。

但心境灰暗还有另外一个原因。我想新诗集《一颗芥种》会很快出版，评论界一片平静，不会有什么重要评论，心里只有能把它送给朋友们的欢喜。我已等了三个星期，期待着平装本的到来，然后把它们寄出去。所以到现在还没有几个朋友读过它。然而即便是朋友也觉得对诗的作复是很难的。

荣格说："生活中的严肃问题从未得到过彻底解答。如果它们看上去是可以得到解答的，那么毫无疑问是丧失了某种东西的标志。一种疑难的意义和目的似乎不在于问题本身的解决，而在于我们对它不停地探讨。只这一点就足以使我们不至于变得愚笨和僵化。"这样说来，无疑独居生活的问题也是如此。

我望着那水仙有片刻工夫，然后起身，问自己道："你想从生活中得到什么？"随着一阵辩解和恐慌，我吃惊地意识到："正是我所拥有的——只是更相称一些，应付得更好一些。"

但是，这不时的哭泣并不都是具有破坏性的。哭泣可以使人郁闷的心胸舒畅些，正像赫伯特说得那样：

诗人错怪了可怜的风暴：这样的日子是最好的；

它使外面空气清新，使内心胸襟开阔。

具有破坏性的是急躁、轻率，希冀过多、过快。

2月5日

雪下得很大，是暴风雪。这真是令人欣慰，过去几个星期以来，一直是阳光闪烁刺眼。眼下是多么温柔、多么安然惬意！这些日子，我们像居住在钻石中心，白雪反射着阳光，没有阴影，没有遮挡，使人开始疲倦。此时凛冽的蓝空、刺骨的寒冷均被一种奇妙的单调代替了，是一种说不出的单调。

昨天完成了一件大事，清理了那个舒适房间壁炉旁边的橱柜。多年来柜子里塞满了纸张和盒子。填满了所有的垃圾桶之后，我不得不用塑料垃圾袋来装。好在至少把这件事做完了。在一个香烟盒子里发现了一只死老鼠。样子很完好，像制成的标本一样坐在柔软的用白色碎毛线绳之类围成的极美丽的窝里（恰似一个鸟窝）。想到它一定是做好了窝，准备分娩，然后无疑是因中毒而死的，这情景不由让人感到一阵痛心。它有着白色的肚皮，样子可爱，是一只田鼠。这些田鼠秋天时成群窜进来，因为冬天时猫们在朱迪那里。散发出的气味实在是呛鼻，最后我把某人圣诞节送我的松香点上，才算好些。现在走过那橱柜，知道里面干净整洁时，有一种如释重负的感觉。

我不时地发现自己总要重复地读路易·拉维尔的《疾病与痛苦》。这部杰作的第二章叫作：《人类之离合》，正是这一章培育和肯定了我对自己的信心，即独居是一种交流沟通的方式。他说道：

我们认为在人成为一个人之前，人与人之间不可能有真正的交流：因为如果要使自己能给予，一个人必须要在那痛苦的孤独中完全拥有自己，在这之外没有什么属于我们，也没有什么我们能给予……一个人甚至可以这样说，只要我一开始和自己交流，我便开始和他人交流。独居确有极为悲惨之时刻，即独居使我不再在我所认为的自己和我自身之间强行设置一种界限：因为在这种情况下我的意识在真实的自己面前变得如此陌生，我是如此失望，以至于我不再说我想要说的，也不再讲我所缺少的。独居是要体会到在自己身上有一种静止力量的存在，但是这种力量，只要能施展，便可促使我认识到我与自己和我与所有人之间的多种关系。

然而我们所说的独居，这种使我们内心有着如此强烈的责任感，可与此同时又不能使我们自己满足的独居之所以被体验，是因为此时它有一种吸引力，就像我们自己感到需要与自己交流一样；因为只有通过这种交流，每种意识才能发现它本身的使命不是洞察和主宰事物，而是生存，也就是说发现它本身以外其他的意识，从这些意识当中它不停地得到启示，同时又不断以光明、欢乐以及爱推动刺激这些意识，这是精神宇宙的唯一法则。

2月8日

这段时间天气温暖，阳光灿烂。在这美好的日子里，埃莉诺·布莱尔星期六前来住了一晚。自从一月六日以来，我一直没有客人来访，甚至连一两个小时的来访都没有，所以埃莉诺·布莱尔的小住称得上是一桩大事。我欢喜地把一切都准备好——备好茶点，烧旺壁炉，欢迎她的到来。这下我可以不再把屋宅看作每天要做些事以维持运转的粉碎机，而是把它当作一处美好的住所来迎接一位客人。埃莉诺什么都关注，比任何人都更称得上是我写作的“朋友”（她帮我打字、校对，以及在漫长的创作中对《爱之种种》充满了信心！）。

星期天上午我们出去散步，从圣诞节至今这是我第一次散步——天气一直太冷，我们穿过绿色的草地，然后走了约四分之一英里来到弗伦奇的农场。我们欣喜地闻到了空气中春天般的气息，第一次听见了松鼠发出的两声春天的呼叫。家雀也发出某种音乐般春天的欢叫（恐怕还称不上是一首歌），走至半山腰时，我们受到了喜乐蒂小牧羊犬——那小巧活泼的机灵鬼、一只短腿小猎狗、谷仓中羔羊细声细气咩咩声的欢迎。可当我们到了农场时却发现绵羊和羊羔都在户外。小羊羔在空中蹦跳着，绵羊在贪婪地舔着雪，像在享受着美味佳肴。我把一只黑色羊羔抱在怀里，体验它柔软的鼻翼蹭着我的脸颊。那毛是这般精细柔软！这真是一个猫、狗、羊、羊羔、小猫仔神奇的汇聚，凯茜在不停地走来走去照看着她的羊群。当时第十四只羔崽正在被分娩。我急急地冲到谷仓内，希望再一次听到母羊第一次舔舐小羊羔时发出的格外粗嘎、饥渴的声音。这只羊是沉默的，但它在凯茜诱导着羊羔吮吸奶头时却不停地转动着头注视着凯茜和她那双熟练的手。凯茜这孩子，现在大约有十五岁了，从五六岁时起开始饲养一只小羊羔，此时已是二三十只羊、一只公羊和每年都增添二十只左右的羊群的真正牧羊人了。而这只是多特和温夫妇给孩子们创造的美妙天地、一个“和睦王国”的一部分。所以这些年来，瞧着那小男孩以及他对所有动物实足自信时我总是心生欢喜。这地方位于山头之上，周围下方是满是住宅的村子，因而这里的风格由于它所处的位置而显得强烈。此处地势开阔，周围群山环绕，这日群山紫天鹅绒似的倚着沉暗的天空。当乌云滚动遮住了太阳，使太阳看上去像月亮一样，我替埃莉诺高兴，她在暴风雪来临之前会到家的。

想到这无情的冬日世界接下来不知会怎么样，心头不免一阵紧缩。晚上狂风暴雪大作，劲风呼啸地吹着屋檐，雨雪在劈打着窗户。当时我想次日醒来还不知情形会怎么样。然而当我醒来时，温·弗伦奇正开着铲雪机在铲雪，看得出我们的情形还不至于坏到哪里，只有三寸来厚的雪。由于劲风作用，雪被刮得此一处彼一处的。米尔德蕾德正在清扫。

我真高兴我可以不必外出。整个一天都在前面等待着我，我可以在这一天里思考，自由自在。

2月9日

此时此地真像生活在一个广袤的、情绪变幻无常的宇宙中。昨日设法开车出去，赶着做了几件事，原因是又一场暴风雪即将来临。它终于来了，强风加雪，之后是斜雨横扫，温度降到快要结冰的程度。早晨醒来，树上银装素裹，天空好似四月，阳光穿云而射。而现在，半小时内，天空骤然间变得黑压压的，乌云密布，云近乎是黑色的，风又要来了。

我的内心也酝酿着风暴——激烈的情绪变幻。此处若没有电话，那将会是一种真正的缺失；然而从另一方面来讲，一个声音从电话中传过来又可能是毁灭性的！我感到自己被卷沉到时而造成隔绝的流沙里，一种被淹没、被完全吞没了的感觉。在关键时刻，一个人总是孤立无援，也许从这如此绝对的孤独生活中，许多时候从生理以及各方面的完全孤独中，我所得到的好处，或者可以说是顿悟，是一种与人类世界沟通的途径。一个人用来对付这完全孤独生活的途径也是一个人变得成熟的途径，是每一个人心理上的伟大旅程。然而获得这完全的独立又要付出什么样的代价？这正是问题的症结所在！我感觉在我和我所关心的每个人之间形成了一种紧张状态——比如安妮·伍德森，X就更不用说了。我从这种人与人之间的关系中懂得了不少。

当一个人像我这样经常独处时，甚至连这样的情况都会变得再真实不过，即在我和客厅窗台上我培植的四盆水仙花之间都形成了一种不由自主的关系。一盆花或是一盆植物长得好不好对我来说都会是异常重要的。早晨醒来后，我很留意庞鸥说话的音调。掀起鸟笼盖，一声愉悦的呼叫，然后它怡然自得地爬出笼子，坐在外面的竿上，欣赏着镜子中自己的形象。这情景常使我开怀大笑。当它默不作声，就像今天这样，我不由为它担心，就好像我为那只野猫忧虑一样。那只野猫恐怕是不会变得温顺的，可它每天下午都过来吃为它准备的牛奶和食物，用它那圆圆的绿眼睛警觉地盯着我。当它不出现时，我不止一次地忧虑哭泣。这未免有点可笑。然而失去了这种亲密关系，生活究竟还有什么活力？任何一种关系都是一种考验；每一种关系都要求我成为什么、做点什么、履行什么。对任何事物没有感应的话，生活还有什么意义？承受……忍耐……

太阳突然间钻了出来，天空蔚蓝。所有这一切竟然在我写几行字时发生了！真令人惊讶！

我再一次播放路易丝·博根送给我的舒伯特即兴曲——90号和142号，是吉泽金[1]演奏的。

1　吉泽金（1895—1956），德国钢琴家。

我在某处说过，我们必须从自己的生活中造出神奇，它的要点在于如果我们这样做了，任何来自自然气候、仇怨，或是工作方面的干扰——如果我们约束自己，多多深思——都将会转化为有价值的东西，都会产生出关乎活着为了什么，怎样做人，什么是最常见的危害诸如此类问题的远见卓识。我们上天堂下地狱足有十几次——至少我是这样。但有规律的工作则会提供给我们一种平衡杠，使我们疯狂、不理智的心灵动向变得正常、富有创造性。它实际上是使一个人不至于面朝下倒下。

这是我在自我幽闭中保持生机的一种途径。另外起作用的是在过去这几天里我对自己说："如果我不是独自生活情况又会怎么样？如果我有十个孩子每天早晨要去学校，在他们放学归来前我有一大堆衣物要洗情况会怎么样？如果其中两个孩子患了感冒躺在床上，浑身不舒服不知如何是好，情况又会怎么样？"这足以使我再回到独居中来——它好像——也的确是这样——是众神给予的一个再好不过的礼物。

对比很重要。再就是每天都有意识地创造一些不同的事情来做。今天早晨我设法使自己摆脱抑郁，高兴起来，我这样说道："你今天早上得到的工作奖赏是清理酒柜。"酒柜里乱七八糟，但和那文件柜相比还算是过得去的，尽管四周撒着老鼠药，那是因为某天看到一只特大老鼠爬在墙上而撒的。

每一天，每一天的生活，都必须是一种有意识的创造。用玩乐、做傻事来缓解一天的秩序规范。上帝祝福庞鸥，它使我开怀大笑。

我最大的缺憾是周围没有可以抱在怀里的动物。我特别思念那两只老猫。

2月13日

屋里满是春天的鲜花，情人们。没有哪个月份能让我想象出春天的鲜花使人感到这样愉快。昨日冰封树木，寒气袭人；因此室内这些鲜花，充满生机的水仙、蝴蝶花和郁金香实在令人倾心。甚至那丰满的绿叶和植物发出的气息在这毫无生气、冰天雪地的世界里都显得那样美妙。

我一直在对荣格的两段话沉思着。阐述心灵升华的危险方面，第一段切中要点："一个人靠着想象光明是不会茅塞顿开的，而是要靠从黑暗中悟出道理。"第二段是这样说的：

> 只有现实存在的永久形象才能给予人心理上的尊严。这尊严可以使人在道德方面信守自己的心灵，使他相信忍耐自己是值得的。只有当他认识到自身的冲突时，他才会明白内心的失衡与忧患实则是他的财富。这财富不是用来挥霍于攻击他人的；

如果命运以内疚的名义强行要他偿还债务，那么他就是欠了自己的债。

2月22日

周末在弗吉尼亚州诺福克市度过，回来后对这白色世界有一种陌生感。在诺福克时阅读了一些诗歌，然后又在华盛顿玛格丽特·鲍顿家待了二十四小时。能和她在一起太好了，她是美术馆馆长，这样她在办公室工作时我便可以在国家美术馆里逗留好几个小时。我又一次满怀热情地欣赏了佛兰芒画家的作品，后来十分幸运地看到了肯尼思·克拉克对那个时代的综述：《经验之光》。

在佛兰芒画家作品旁边悬挂着一小幅法国画家克鲁埃的作品，似乎在显示着法国人特有的精致玲珑。然而我却本能地倾向于佛兰芒绘画。那翻滚的天空与室内装饰融为一体，阳光倾泻于荷兰屋，不仅维米尔的画（维米尔是不用说的），甚至霍赫[1]的画都使我动心。卡尔普的静物画一时间使

---

1 霍赫（1629—1684），荷兰风俗画家，主要作品有《荷兰庭院》《摇篮旁的妈妈》等。

我喜不自胜——切开的柠檬，阳光洒在两只玻璃酒杯上。后来伦勃朗的一幅肖像画给我留下深刻的印象。感动我的是那粗犷雄浑的线条和细腻笔触的对比。人物脸部是用粗犷雄浑的线条绘出，好像在明晰地勾勒出曲折坎坷的人生经历，而镶着花边的衣领和制服却是用细腻的笔触描画的。这些绘画之所以强烈地吸引我也许是因为它们代表着我在创作诗歌小说时的心愿。它们所表达的现实世界从不带有人为死板的色彩搭配，哪怕是极为平常的家庭景物的描绘也会使我们突然间受到启迪，产生一种深刻的领悟。画家们热忱地面对着现实，我们所看到的生活从没有被伤感所渲染，而是得到了一种强化。

在所有这些快活中，包括玛格丽特为我准备的一场令人开心的晚宴——晚宴上和三位才华横溢的男士的交谈真是使人兴奋（我已好长时间没有遇到这样的机会）——潜藏着我对《当代女性：性别的丧失》一书的想法。此书作者是玛丽妮亚·费·法纳姆。阅读此书的过程，从某种意义上讲，使人的心灵失去了平静。它所描写的彻底迷失方向、精神错乱的文明社会使任何人读了这本书后都会有种地震般震撼的感觉。对有关男人和女人的问题，它所做出的某种绝对论断最不能令人信服。另外它给我的印象是在涉及女人时总带有一种轻蔑的口吻，这种隐含的偏见似乎值得讨论（也许它本应该受到另外一个心理分析家的剖析！）。我当然要激烈地反对这种断言。她以巴赫为典型例子，声称“真正的”天才只出现在异性恋的男性中。照此一说，作者所谓的“后来天才”和“真正的”天才之间就形成了一种区别。这一天才准则对我丝毫不起作用，相反总引起我的厌恶甚至愤慨，因为就人本身自我实现的意义来讲是比任何分门别类所允许的都要复杂多样得多。我不相信抛开米开朗琪罗、托尔斯泰、狄更斯、莫扎特、塞尚，上帝知道还有多少神经质的、未结婚的、或是同性恋的男人女人而下的一种定义会被认为是一种严肃的定义。值得注意的是所举的“真正的”天才的例子不是音乐家就是数学家，天才的模式即他们很早，甚至于在青春期前就显示出了自己的天赋。在文学绘画方面就全然不同了。我可以直言在所有伟大天才的作品中都能找到男女两性兼有的表达，不论这中性特质是否在性生活中有所体现。托马斯·曼就是一个很好的例子。略逊色一点的天才维塔·塞克维尔·韦斯特也算一例。

《当代女性》有很多见解我完全赞同。比如，许多年来我一直对贬低护士职业感到惋惜，因为护理照看是女人的分内，需要女人特有的天赋。可悲的是黑人在争取自我定义的斗争中开始认为这一职业是卑贱的（像做家务一样）和受歧视的职业。从护士那里我们可以学到如此之多的东西。我们可以学到他们体贴宽厚、对病弱者的需求能心领神会并给予谅解的品质。他们有着本能的热情。我记得罗伯特·克劳布斯托克告诉我他在做了肺叶切除手术后请求黑人护士照料自己。

然而令人厌倦的是当今美国人社会文化生活中注重的是性生活，尤其是性生活要达到性高潮。我们要多想想什么能使生活丰富起来。比方说，让我们以一种新的方法想想花卉与动物。一个敏感的人感受到与自然、与内在自我的和谐相处，他的心中是宁静坦然的，不会为性而困惑。性欲自有它的某日某时和高潮时分，它不会以玩弄小聪明的方式得到满足，而是与整个宇宙交融在一起和谐地波动起伏。强调性欲满足本身又是一个贬低人的例子。

当我一心想作诗时，对回复所有来信不由得感到恼火。这真是莫名其妙的时刻。心理上被一种暴躁情绪所攫住。我渴望有多余时间，不被其他事情缠身，只一心沉浸在自己的内心世界里。可是有这么多的事情不能、也一定不能解决时，或许沉默不去理会也好。再说，现在已是中午，从九点钟起我就一直在埋头写信。

昨日下午走进来，这房子给我的感觉是那样空荡哀伤。甚至庞鸥，可怜的东西，也被几日孤独冷清的生活搞得无精打采，尽管米尔德蕾德按时来弄醒它，给它备食，打发它就寝。几日不经心，这房子里就失去了灵气，果真如此。

3月1日

此时大地回春，阳光更加炫目，原因是四周白雪仍有三寸多厚。但毕竟空中洋溢着春意，家雀、花栗鼠唱着春曲，枫树在复苏，我也在恢复活力。周末和X在一起度过了美妙的时光，这其中包括我们在海边迎风散步。巨大的喜悦浸润着我，心情快活至极，昨日归来，太阳正落山，金色的余晖洒在白雪上，把室内的墙壁映得明亮无比。只此一次这房子没有给我一种空荡荡的揪心难受的感觉。它欢迎着我，一小时后（我一直留心着），那只野猫来了，我把食物给它备好。这证实了我一直有的感觉，无疑这胆小、紧张、饥饿的东西变成了第二个我。我和这个守候在灯光映照的窗外，一直寻求安慰的饥渴者是一样的。

有时我觉得自己像一所没有墙壁的房子。莫特·梅斯三月某一天晚上拍的这所灯火明亮的房子的照片捕捉住了这种情绪。从外面看上去，房子给人的印象是熠熠生辉，就像我的生活从创造价值，表达怎样做人、什么是满足、因而令人满足的意义上讲在许多人眼里显得光彩熠熠。可实际情况是不论我的工作产生什么样的好结果，确切地说这种结果都来自我离群索居、软弱无能的感受。房子以一种没有家庭成员互相影响的形式敞开着。我的生活，常常孤独得可怕，与那么多我不熟悉、也不会熟悉的人们相互作用着。他们所感受到的正是纪德所说的“闲适的存在”，闲适是因为我离群索居，没有家庭。我时常想到伊萨克·迪内森的箴言，是她在丹尼斯·菲茨-哈顿死后所写：“我回答。”多年来它一直是我的行为准则。然而那种能力、那种作答的必要，当我太沉溺于自己这么多永远也解决不了的问题中时，就不再存在了。这么说是诗照亮了这幢房子，正像莫特的照片一样。此刻我有点悲伤，因为现在这里并没有诗。

3月3日

我在这里生活的幸运之一是我可以随时自然地醒来、躺下、思索，然后投身到一天中去。下意识慢慢涌进第一意识里，记起该做的事，然后去感受这一天。我几乎总在六点与七点半之间起身；此一天与彼一天之间没有什么太大区别。事实上我是自由的与没有什么非做不可的事是不同的。

今日，又是一个铁灰色的世界，早饭后我给鸟槽添加上食料，倒空了垃圾篓，眼看一场暴风雪又要来了。对这场即将来临的暴风雪已有预报，风自东北刮过来，在我进屋时已感到雪打在脸上。眼下雪下得紧起来。又是一个缩到自己茧壳里的美好的日子。我希望今天能写一首诗——近来心头涌动着那么多的思绪，可还未曾理顺。

晚间我记起了一个希腊神话故事，说的是一对情人，一个只爱高山，一个独恋大海，所以他们不得不在这两者之间会面，否则就根本不能相见。这个神话使我想到了米莱[1]的诗《峡霭》，它这样结尾：

哀痛之极没有了眼泪，
伫立着，想起了岛屿，听不到大海的呼啸
生活得再好胜不过那唧唧鹬的啾叫，
两年，两年，
我辛勤地把高地耕种！

不知有多少回我感到这里周围四面有海的形象，还有那儿——壁炉台上的贝壳，当然还有客厅里葛饰北斋的画。

米莱的诗音乐般美妙。她很粗略、显然又自然地改动着诗的音韵，长短相宜……这技巧在《雪中雄鹿》一诗中得到了完整的体现。常有的情况是你可以从她的作品中听到霍斯曼和莎士比亚微弱的回声，最终，她竟不能创造一种——不论在她心目中或是在诗中——与她纯熟技巧相配的可行的结构。

昨日收到一封尤金妮亚有关晚年的美好来信（她现已七十多岁）。

生活在继续着，表面上呆板单调，深底处却是电闪雷鸣，波涛汹涌，充满绝望。我们现已迈入生

1 米莱（1892—1950），美国女诗人、剧作家。

活的一个阶段,用新的观念来说,这一阶段是如此丰富,是不可以用转换到其他阶段上的理解来解释的——一个人同一时间里既有这么多的温柔,又有那么多的绝望——生活的困惑在延伸着,延伸着,它淹没一个人,冲垮一个人,然后骤然间感受到至上的光晕,从而开始体验到了"神圣"。

我们要生活得尽可能接近那通向尤金妮亚所说的"神圣"之门。我越来越觉得印度教思想是多么富有真谛,为了成全自己,一个人晚年时可以离家出走,成为一个"圣洁"的人、一个漫游者——把所有令心灵远离自然、远离禅坐静思的东西抛在身后。问题是不要陷入漠不关心之中。家务琐事的确能提供给人们一种秩序,然而我却对做这些事情越来越缺少耐心。整个地板不得不漆成黄色的,干这事实在是乏味。地板已维持十年了,比我想象的要好得多,现在它确实显得陈旧破烂,昨日设法准备好漆,但油漆须得混合调配,这都要花费时间弄这弄那的。种园子就全然不同。那里总有通向"神圣"的大门——成长,出生,死亡。每朵花在它短暂生命循环中包含着全部的奥秘;在园中我们永远不会远离死亡——那滋养、美好、创造性的死亡。

雪下得密集迅疾起来……

3月5日

真正的东北暴风雪。狂风嗖嗖地袭来，顷刻间捶打着房子，房子发出嘎嘎的呜咽，门窗砰砰作响。我一直担心那些老枫树会有一棵折断，但到目前为止，我尚未听到那令人警觉的呻吟哀号，那声音在过去的头几个冬天里真让人胆战心惊。

昨日好极了，我一连四小时不间断地作一首诗。诗不够完美，我很快就会把它完善一下，上午晚一点时着手进行。

昨日下午那只野猫立在门前廊下喵喵叫着。我开了门，站在门后。它踌躇着，想进来，试着鼓起了勇气，却又跑开了。可当我把牛奶放在屋内，敞开房门时，它还是进来了……终于进来了！六个多月过去了，我一直承受着它的注视，渴望得到它的信赖。在这可怖的暴风雪天气里，能知道它安然无恙似乎是一大舒心事。我把食物放在地上有三四次，每次总是一扫而空，可它在我面前如同影子，我一接近它，它就无声地逃走了。夜间，它发出一声奇怪的喵叫声，起初我以为外面一定是一只公猫，现在我相信它正值发情期。今天早上它在地窖或房子的某处消失了，知道这野东西在里边什么地方，不被看见，过着自己的生活，安安全全，是十分惬意的。

外面是银白的世界，雪呈横向的波浪从窗前不停刮过。狂风把雪积成一堆一堆，而我却真是在天堂里。书桌上一只浅绿花盆中盛开着明媚的“二月”水仙，壁炉台上摆着郁金香，浅浅的杏色，黄色的脉络，中间是黑紫花蕊。我燃旺了壁炉，风钻了进来，感到冷飕飕的。放上贝多芬奏鸣曲（《田园交响曲》和《告别奏鸣曲》），现在开始工作！

3月16日

外出演讲，走了只一个星期，却觉得像是离开了好几个月似的，那个星期塞进来的东西太多了。回到家来意味着被堆积如山的信件袭扰，所以返回自己内心之处仍未免感到疲惫。归来后是一片白色的世界，雾霭笼罩，广袤的雪丘上空浑浊不清，从谷仓到公路之间雪丘有六英尺高。屋内没有鲜花，走进来感到凄凉。那只野猫仍在这里。米尔德蕾德给它备食。它在我眼前只那么一闪，然后就消失不见了，奇异的看不见的存在。

我想把此次经历讲述给什么人，无人可以告知，在我睡觉时经历的事情自行调整，乱七八糟的一堆事物、形象、观念逐渐地分筛出来，还原到它们本来的情形。这一周是快乐的，我感到自己有用于他人，许多人前来告诉我："我把你的所有作品都读了。"听到有人曾读过我写的东西，我总是为之惊异，现在发现不知怎么，一点一滴地，我的作品变得受人青睐，这真令人欢欣鼓舞。

在密尔沃基[1]时住在玛乔丽·彼特科家里。从我的卧室朝窗外望去，我目睹了日出时湖上的美妙景致。起初，那平阔、绿色的冰冻湖面上，地平线边镶着一道暖金色的光，之后变成了淡粉色——安详地扩展开来，好像天空本身是一朵硕大无比的花。由于下了雪的缘故，大地一片洁白。最后，那红色的圆球弹跳升起，朝辉洒满湖面。瞬间的安宁。一天就此美妙地开始。尽管有预先安排的社交聊天（朗读前一小时喝点东西，一小时午餐），我仍能保持平衡；我显得轻松自在，身体上的不适降到了最低。听众出奇地聚精会神。

之后，玛乔丽开车带我去观看弗兰克·劳埃德·莱特的希腊式教堂，教堂屋顶呈圆形，里边形状像是希腊十字。它整体上的和谐宁静似乎是日出在建筑物上的一种对应，庄严而广阔。但就在那一天里接连不断有报纸采访、广播采访、晚间七点半小时的电视访问，一天下来，我已是精疲力竭。

3月18日

把已过去的事追溯下来是不容易的，每天都有那么多的

1　密尔沃基，美国威斯康星州密歇根湖岸一港口城市。

事在发生。在中西部逗留的那一周似乎已过去很久了。然而记忆中仍栩栩如生的是那平原阔地，苍穹下翻耕过的棕黑色土地广袤、凄清、空旷，小猪乱跑，羔羊蹦跳，最后一天是走访埃塞尔·西博尔德的古老农庄……一个曾经属于她家族的农庄。她把这农庄从残破中拯救了出来。这农庄带有一种有益身心、古老亲切的气氛。她和她组妹在此劳作，感觉它就像一首诗。在她们即将退休之际，这农庄屋宅成了她们欢乐与冒险的出发点。农庄的名字叫作"鱼钩"。这词多么富有遥远边陲生活的情趣！我庆幸这一周最后是在这里度过，而不是在市区，且是和学生们一同度过。伊利诺斯大学不富有，可我深深地感受到了孩子们的活力和热诚。一段美好的时光！

书桌旁边，深红的宫人草花朵绽开。抬眼望去，透明的花瓣、清晰的叶脉，背衬着明丽的蓝天，鲜艳夺目。它为快乐与健康、严冬过后的胜利欢呼着。

昨日答复了一封我已考虑了好几个星期的来信。它代表了我最近收到的其他好多来信中的典型问题。在末尾一段里，写信者对我说：

> 我不知道哪类地狱更糟——是完全自我激励的生活的地狱，还是我部分感受到的生活中的地狱：表白自己时的自我挣扎(写信者是一位画家)，我多么想表达我的恐惧和疑虑。好多事情使我踌躇不前。我自己的惰性、十年前我做出的在婚姻生活

中属第二位的抉择、孩子们、我过去的生活、和我有着同样生活背景的女人们所处的位置，对此不是从个人之见出发，而是从社会广义上着眼。只是做一个女人真是不容易。难道一个人可以弃生活安全感于不顾，不论是什么只要需要就去发展吗？你认为一个人可以在婚姻生活的约束中成为自己吗？我全身心地羡慕你的独居以及你决意这样生活的勇气。

“一个人可以在婚姻生活的约束中成为自己吗？”一个没有责任感的女人是不会提出那样的问题的，通常是（正如此例）那些有孩子、有关爱之心的女人们才会这样。她们深感困惑与沮丧，觉得无时无刻不在错过自己“真正的生活”。难道这一直是事实，只是到现在我们才能够承认吗？那么结论又是什么呢？无疑，部分来说，正如妇女解放运动所坚持的：热心养育子女一般被理所当然地认为是女人们的事，现在是该号召让男人们平等地分担这种责任的时候了。角色的扮演不能再在性别或是任何先入为主的婚姻观念基础上进行分派，而应当围绕两个人的特殊需要以及他们所具有的能力和天分有机地滋生出来。“婚姻中属第二位”听起来有维多利亚时代的意味。在爱情关系中没有一方（不论是同性的还是异性的）应该觉得他必须放弃自己的一部分以维持这种关系。但事实上是，除了在家务方面，男人们确实仍然一直在低估或贬低妇女力量对文明社会所做出的贡献。另一方面女人们自己无疑也同样在削弱自己的力量。当像我这样的离群索居者会被一个幸福地结了婚、有了孩子的女人“妒羡”时，说明这其中是有些问题的。

我的生活，确切地说，不是人类的最好的解答，我也从未这样想过。就我个人的情况固然是让我有可能创作出一些艺术作品，但这样做在感情滋养、幸福方面所付出的代价是很高的。我所拥有的是周围的空间与时间。在婚姻生活中能否获得这些实在是一个问题。这问题不是那么容易能回答的。

现在做事比过去难是因为持家和装饰屋宅的标准变得华而不实，变成了竞争攀比。我不责怪孩子们逃离了人情味，变得虚有其表，很少能表达出一个独特家庭的生活风格。在为《家庭圈》杂志写一个专栏时，我特意构思了一篇颂扬简陋朴实的文章。一户人家屋里如果没有一把舒适的旧椅子就没有了灵气。这全归结为一个事实：我们不可能完美无缺，我们仅仅是人而已。走进一栋富有人情味的住宅该是多么的惬意自在！

是我们本质上企图驾驭太多？植物，比方说，可以使屋内景致具有人的情调，是因为它们不能被控制。一个人不必炫耀一所屋宅，只是住在其中，为了人自己的需要，使它成为真正的庇护所、一块休养生息之地。这也就是说与其讲究屋宅派头不如使人的生活更充实丰富：蹲在桌子上的猫朝窗外望着，一盆含苞欲放的鲜花，四处散乱的书籍。

上星期日走进来时，我就意识到没有了鲜花这幢房子就没有了生气。它使人觉得凄凉哀楚，那一天末了，我潸然泪下，好似被上帝抛弃了一样。现在一间屋里摆着深红色的郁金香，另一间里搁着白色和粉色的，我又可以呼吸、充满欢欣、感到在家的自在了。

3月20日

入春的第一天我们即面临着狂风暴雪！昨日开始降雪时，一群鸟飞向鸟食槽——起初是一群金翅雀；接着我瞥见了一只头部是亮粉色的紫鸣鸟。眼下画眉，哎呀，还有八哥正在光临。当它们离开时，就轮到多在天黑时出现的锡嘴雀和松鸦了。两对毛茸茸的啄木鸟和一只长绒鸟一整天都来来去去盘桓啄食着板油。没有这些飞翔的禽类，外面的世界该是多么空荡单调！

近几天来分别接待了两位画家，沃格尔·诺茨和安妮·伍德森。我向来认为画家是丰富诗人生活的朋友，反之也是如此。这是因为媒介手段不同，没有丝毫竞争的阴影，而在作家之中我担心这种阴影一直存在着。我们之间的相互批评，对待各自作品的看法是纯洁和充满愉悦的，是一种自发的反应。我羡慕画家们是因为他们可以把自己的作品立起，以宏观整体的眼光来审视它，这对作家来说是不可能的。哪怕他的作品是只有一页的散文或诗。然而出让一幅画又一定是那么的难！一本书出笼了，走向世界，作者仍然拥有它，可以持续不断地一次又一次把它送给朋友们，而画家的画则是一去不复返。

也许我羡慕画家是因为他们对形式与结构、色彩与光线可以深思冥想，而不使自己卷入人间痛苦烦恼、疲累混乱之中。甚至想象一下没有文字的表达都会感到一种宁静。

4月6日

又是一星期外出演讲，终于回到了家中，白雪正在消融！门前花岗岩石阶上冒出些许簇簇微小细弱的雪花莲，几朵盛开的番红花从云杉丛枝中伸出来……把它们移出来，恐怕还有些为时过早，无疑后头还会有寒冷的日子。这些天来，只有画眉和八哥啄着鸟食，浣熊爬到堆在后门廊里的柴堆上，还偷走了香仁糕饼。谷仓旁我撞见了一只特大土拨鼠。它是否把蜀葵初出的嫩芽啃吃了？去年它把嫩芽全都吃掉了。最后我只得顺着暖和、褪了色的木围栅栽种了西红柿。西红柿长势很好，可我还是为蜀葵惋惜。

小溪终于解冻。溪水奔流，白沫飞溅在岩石上。棕黑色的、活跃的流水冲击着大岩石，形成了股股小瀑布，这就是所谓的“春天”。

然而我们被告知明日有东北风和大雪，看来没有把雪地轮胎卸下来是明智的。

4月7日

如预料的那样，漫天飞舞的暴风雪呼啸而来。今早连庞鸱也沉默不语地龟缩在笼子里。但对我来说这天气却叫人兴奋不已——可充分利用这一整天宽余的时间，从连日来追补落下的乱纷纷的事情中脱出身来。这些未能消化的经历就如同浓密的荆丛一般。离开了一星期，回来后不能重新投身于清心独居中是很难接受的。原因是归来后即被许多事情缠住；诸多事务需要处理，而我一心渴望有二十四小时时间把所发生的经历整理出来。我感觉像是一条河，潮流起了变化，一时间河水逆流而行，不辨方向，只是四下乱涌。

叫人心烦的是诸如这类事情，比如，看到一张信笺写着让我把路易丝·博根写给我的信寄到她的遗著保管人那里，此人要发表书信节选。我要做的是不得不打开那个大文件夹，埋头钻进那早年对我有着重大意义的人际关系中去。

我永远不会忘记，从华盛顿出发开车一整夜后第一次走进那坐落在东一三七号一六八街公寓时的情景。当我迈进那间文明人的住所，那里充满着一颗敏感、苦涩、清宁的心灵的光芒，心头涌起一种强烈的怀旧感。这印象是如此强烈，自从我走进居住在布鲁塞尔离学校不远处的简·多米尼克两间住房后，我内心从未感觉这样自由自在过。寓所的每一处都透出一种特有的格调，好像是一种女人的、一个独身女人隐藏的音乐，给人饱经沧桑的感觉，从周围陈设中你可以感受出一种品味。这屋子是一个贝壳，回荡着主人潮汐翻滚的过去经历，展现着一个人生活的特质，这特质本身融合在色彩、艺术古玩，尤其是许许多多书籍组成的世界中。我这种怀旧感来自于长期渴望被带入到那个被法国人称之为"眷恋"的世界中去。这眷恋作为一种吸引，从一开始就被认定它决不是一种风流韵事，而是双方共有的强烈感情的回响，不管这种回响是有声的还是无声的——你可以嗅出凄哀、自弃或者是柿子般淡淡苦涩的芳香。用路易丝形容这种情调的话来说是"生活之强化"。

这种关系的实质在于某种心灵的吸引——心灵的吸引会使这种关系变得安然、柔和，充满了领悟。

这些屋子由一个比我年长的女人居住着，对这个女人我充满了尊敬与爱恋。我感觉像在家般自在，就像有时一户人家或是一幢屋宅里婚姻生活美满，或是两个朋友（我想起了旧金山比尔和保罗住的公寓）融洽地生活在一起所拥有的感觉。然而这之后是一方无可避免地被拒之于核心之外。

独居生活的价值是说不尽的。其价值就在于屋宅是敞开的，备有房间去接纳、爱护陌生人和新朋友。在路易丝、简·多和我之间，在一起的机会曾经、也一直是处理得非常周到巧妙，否则一个人会有些难以应付。渴望完全敞开和接受之时必须要培植一种超脱。当一切都达到一种真正的平衡时，安静，心灵的安静就恢复了。我所犯的人类的过错常常是急不可待，要使某事速成，速速回答，桌上的东西要即刻得到处理……这种强迫的反应也许太过分，付出的太多，而没有足够的筛选。

无论什么人走进我的生活圈子我都接受，因为在内心最深处，他们鞭策着我，我也激励着他们。这样的关系很少有宁静时刻，却滋润人心。写到这里，脑海中浮现出考特[1]的生动形象，他会完全同意我这种观点，打开一本旧日记，翻到他的部分信件，是他死后我抄写的。这两段话再一次向我表明他是一位怎样的朋友：

> 你知道，我非常喜欢你，很愿意你拥有所有的美德，没有丝毫缺陷。你有上百万的优点，但你却推迟了它们的实践。因此我来劝诫你。不过因你是一个宠儿，又是一个聪明绝顶之人，所以你一定要认真听我说，尽管你可以微笑（瞧我这人多么缺乏坚持，为了你微笑的缘故，我全部招数都毁了）……我要你

1　S. S. 考特连斯基（1880—1955），俄裔英国翻译家。

时刻意识到你称自己所谓的“坚固”，以及我所说的你的明智。我的意思是不论你做了什么样疯狂和混乱的事，不要忘记你有着至高无上的智慧，它定会使你完好无损……

当然我会责骂你，且严厉苛刻，甚至会偶尔揍你。但所有这一切都出自于非常的善意和对你无比的温柔之爱。

4月12日

反常得很，地上仍有积雪！我总忘记泥泞的季节是多么令人烦恼。一只浣熊每晚都爬到后廊上，若是我不记得把香仁饼拿进来，它就会偷叼了去，然后我不得不在泥泞的雪地里寻找空篮子。鸟食槽现在只有八哥、画眉和燕八哥光顾。蠢笨不堪！连那只特大、大概已怀孕的土拨鼠的光临也根本帮不了什么忙！

然而今日终于觉察到春意，午时温度会达到华氏七十度。房屋前是最暖和的地方，一溜番红花闯过了狂风暴雪，此刻正迎着太阳舒展开来——很多白色的，淡紫色夹着深紫条纹的，还有黄色的。在前些日子那场暴风雪中，铲雪机把大堆大堆雪推积到我十年前栽种的大株粉红玫瑰顶部，我想这次它大概寿终正寝了。去年它几乎死掉，但确实又残存下来。

这是令人兴奋的一天，一位批评家要来和我谈谈。想到这种事是第一次发生不禁令我好笑。我已等了好长时间期待着教授专家们的注意。不论从哪方面讲这都是一段令人心悬不宁的时期。可以感觉到情况在迅速变化。大门敞开了。守护神正在出现；我在纳尔逊的时间也许为期有限了，我感到一种轻松。在这里孤独挣扎的时间够长了，是该有一个新的开始了。倘若一年左右我要离开这里，去向将会是海边……奇怪，米莱的诗句近来是那样在我心头萦绕盘桓！

4月13日

地上的雪融化了，可以一目了然地看到门前草坪上纵横交错的田鼠坑道。昨日是真正的春天初始，空气是这般芳香，心情是如此的怡然。我甚至出去用一把旧笤帚清扫草坪上的碎石（铲雪机把车道上的砂粒溅到花坛和草坪上）。然而随着柔和的春天而来的是一种要开始户外工作的疲倦心理，还有春天将会过去，我将难得见到X的哀伤。似乎有时候对我来说，在这所房里我无所适从，只不过是在等待着不会或者是不能来的人。

卡洛尔·海尔布伦的到来并没有使我愉快起来。她是昨天从哥伦比亚来的。她认为我最出色的——她认为我作品中的所有新东西——是谈独居。昨晚我痛哭着，好似一所监狱之门关闭了。当然这只不过是一种情绪。独居是我这里的生活。我选择了它，最好还是继续下去，尽最大可能摆脱绝望的困境。

昨天《时代周刊》里有这样一段话，选自瓦勒瑞翻译的《历史与政治》一书：

> 就在我们的眼皮底下，一个新的社会正在形成，一个广博的、比中世纪缺少神学、比我们的“人文”祖先缺少情感和更具象的公民世界正在形成。它不是建立在超现实之上，而是着眼于此时此刻；它的有力之处不是出于感情和观念方面，而是来自事实和必然的结果。它的领域仅限于地球；它的组成部分是人、种族和国家；它所产生的道德力量是文化；它所创造的自然力量是区域与气候；它的指向引导理智；它的信心是直观秩序——也就是相对谦卑的教条，即上帝是理智的。

趁着春意盎然，我决定带卡洛尔到沃纳家“惬意的动物农场”去看看。我已好长时间未能来这里了，原因是害怕在泥泞季节陷住，这样的事只会在冬天里偶有发生。对我来说，到那里历来像是回家一样，因为格雷斯，这个大家族的女管家，是我在纳尔逊的最好朋友之一。再者，还因为爱斯莫拉尔多，一年夏天我借用的毛驴也在那里，我一定要抱抱它，抚摸它软软的长耳朵和光滑柔润的鼻子，把糖块一块一块递给它，让它咀嚼。

经过一个冬天，农场看上去比以往更显萎缩地沉陷在大地上。它伫立于山头之上，下面池塘附近分散点缀着孩子们的住房。农场后面是高矗的牛栏。过去农场近旁有一棵繁茂的榆树，去年不得不将它砍掉。当你抬头看时，心里琢磨着少了点什么，那空荡的空间中本该有些什么的。

总有那么四五辆车停在附近，我在这些车身后停了下来。一条狗不停地吠着。牛车下一只猫在打盹儿。有片刻工夫我们站在那里四下观望等待着，然后是格雷西，格雷斯·沃纳的孙女跑出来迎接我们。自从珀里·科尔去世后，格雷西一直照看我的园圃。接着是格雷斯自己出来迎候我们，我把她介绍给卡洛尔。格雷斯瞧上去显得有点更加驼背和苍老。

在过去这些年里，我常带朋友们到这里来，好像是带他们到一处遗失在山头上的秘密珍宝之地一样，因为像这样的农场已所剩无几，很难再在什么地方看得到了。格雷西看上去十七岁左右，但现在她一定有二十多岁了，修长匀称的身材，松松的披肩长发，有着外祖母似的蓝眼睛。这一家中的每一个成员对动物和孩子都充满了极度的热情，但不知为什么却是格雷西在所有的农场活计之外腾出时间来喂养不计其数的可爱的小动物，精心照料它们。也正是她带领我们到小棚屋或是一个又一个的谷仓走走看看。这些小棚屋像是魔术盒，打开后露出一些可爱的生灵。

我们首先走进了牛棚，它属巴德管辖范围。巴德是格雷斯·沃纳的长子，他和妹妹海伦一起经营农场，每年秋天他都把他的高头大马牵到我的地里刈草。此时牛都在户外，牛棚内可以闻到一种甜丝丝的氨水味。我们摩挲着三头钝鼻子、浑身黑白相间的花牛犊的额顶，它们被拴在柱子上。这农场的动物从未有什么畏惧感，它们已习惯了被温柔地照料。

接着我们来到好多魔术盒子面前。最先是一个小小的棚子，卡洛尔不得不只身一人进去，棚子太小，一次容不下两个人……右边是一只很老的绵羊和两只暴眼圆睁的山羊在使劲咀嚼着碎干草……后边是一排天竺鼠笼子。这之后是一个小马厩。这里我们绕过两匹小马的肥臀，来到亲爱的爱斯莫拉尔多面前。我忘了带糖，幸好在车里找出些大块薄荷糖，爱斯莫拉尔多默默地津津有味地嚼着。它大脑袋掉转向我，我又一次为它那葛丽泰·嘉宝式的眼睛和长长的睫毛动心了，看到我的老朋友这样安然无恙极为高兴。格雷斯告诉我，爱斯莫拉尔多的关节炎好多了，牵它到户外时，它便尥蹶子。它是我纳尔逊个人生活历史中的一部分，我借它扶助我走出困境。那时它瘸得很厉害，几乎不能行走，我想试试看是否能将它治愈。不管怎样，结果很成功。借助于可的松注射，再给它剪蹄子（驴蹄子是不钉掌的；蹄子像手指甲一样长，必须每隔一段时期就得剪掉），我们不仅可以使它行走，而且可以使它欢跑，这成了每天下午四时我牵它出来到厩里过夜时约定的嬉戏形式。到了夏末，爱斯莫拉尔多和我一同又变成快活的动物了。

我和格雷斯交换一冬见闻；格雷西和卡洛尔去看银色珍珠鸡和白鸭子（据格雷西说，一只貂溜了进来，她的鸭子有半数被弄死了）。在兔子过冬房前我们停下来。卡洛尔把一只大白兔抱在怀里。长耳朵动物——兔子、驴子——的确有种迷人之处，不是吗？至少格雷西的大兔子实在是美丽可爱，有些是黑鼻子黑耳朵边，其中还有一只是全黑的。接着我们又看到一群矮脚母鸡和快活的小公鸡，以及番鸭。最后我们又到田里去看独占一地的猪崽。之后我们返回山头来到马厩处，黑暗的马厩堆满了干草，起初一进来你对那两匹耕作大马高耸的臀部几乎分辨不清，它们是巴德的骄傲。格雷斯的两匹小马现在也在这马厩里，但让人屏息的是那两匹大马。它们体格高大，黑暗中显得威风凛凛。没有一次见到它们我不为之惊讶——人类是怎样驯服它们为己所用的。它们看上去像神一样威严。

我觉得我与卡洛尔之间的友谊在农场时得到了加强，我们无言地共同分享着什么。回来的路上我告诉她更多一些关于沃纳家的事情——他们的勤奋劳作，我们又是怎样依赖于他们的。格雷西的母亲多丽丝驾驶一辆学校校车，照料着三位常住此地的老妇人，为她们整理清扫，她的精力与关怀感染着每一个人。冬天当某辆车启动不灵时，她便会出现在那里，说道："不论白天黑夜，有什么事情，招呼我一声就是了。"还有格雷西是我所见过最勤奋、最敏捷的劳动者。我在园圃用一星期做的事，她只用一天就做完了。干活时她专心致志，神情快乐。她和我的朋友们一直保持着联络，这些朋友在我外出时住在我家里。这样一来，她生活的领域从山头农场延伸到荷兰、旧金山、韦尔斯利和林费尔德，疆界不断地朝外扩展。

4月14日

近来生活有点应接不暇，颇感心烦意乱，坐立不安。让我安静下来，抄一封巴兹尔·德·塞林科特[1]写于一九五四年十二月十九日有关女诗人的信。我在琢磨对卡洛尔前几日所说的话时，找到了这封信。

> 你让我对女性诗（如果真有所谓的女性诗！）以个人身份做一个说明。有几年时间我意欲编选一本女性诗集，现在已有几位诗人这样做了。我的感

1 巴兹尔·德·塞林科特（1877—1966），英国评论家、记者。

觉是如果有什么要说的话，那就是女人应该默默认识到在创作上她们的诗是主要角色；男人和男人的思想是衍生的，就像是闪射而出的火花；女人则是中枢所在，是“静止明了”。无疑一个人得允许诗与其他艺术采用衍生的形式，在这种形式中思想是分析性地和孤立地进行着，这个领域是男性尝试的范围；然而整体的、原有的、持续的创造过程是从内到外的，只有女人才具备这特点和能力——假使她有信心与耐心的话，她会成功地以此奏效，即使在运用语言和其他人为艺术表达时也是如此，如果女人所作之诗至今使人觉得怪癖或强调过分的话，那一定是因为一种压迫和残缺的美好情感所致。如若这女诗人认识到她属心灵中枢的话，这一切残缺会消失无踪的。从这一认识和相应的视觉中涌现出来的思想以及词语势必有一种内涵，这内涵会切中要害。

卡洛尔认为我把自己的意志加之于我小说中的女性人物身上，去表现或是适应弗洛伊德精神分析学说的观点，以及（像我同时代其他人一样）我下意识地把女性人物套入已被接受的认识准则范畴里。甚至在《岁月之桥》里，我对梅拉妮这一角色刻画的情况也是这样（她认为），对她所经营的事业叙述寥寥，并且她屈服于她的丈夫。卡洛尔还认为，小说里她丈夫的哲思比梅拉妮的工作更为“现实”。这使我大为惊异！难道卡洛尔是让我塑造一个（像她自己）抚养三个孩子、婚姻生活幸福美满，且是一位杰出教授的女性形象吗？然而她却告诉我她的三个结了婚的朋友、有了孩子的女人皆因感到生活进入了死胡同，不再觉得自己有用、被需要而自杀了。这是一个使人颇为惊愕的自杀数字，使我不能不思索。

后来在我们的谈话中我问她是怎么样应付这一切的。显然学生们经常问她对这样的生活她所付出的代价是什么，她总是这样回答："代价就是一切。"但在我们腐朽的美国文明社会里愿意付出一切代价——园圃、孩子、美满婚姻、艺术之作的人寥寥可数。况且他们对所要付出的微不足道的代价都会怨恨不已。卡洛尔给我的感觉是一个格外平衡、冷静、善于识别、幽默但并不冷漠的人。她似乎是一个非常特别的人！

卡洛尔离开后我找到我已答应要看的五十页手稿，手稿是一位四十多岁想申请助学金的女人写的。这时我仍然觉得有些心烦意乱，这位女作者作画、写诗，以及创作短篇小说。她还未能意识到要想出类拔萃需要付出什么样的代价。我这样说是怀有一种谦卑心理，因为我仍然被卡洛尔指出的我作品中的某些陈词滥调弄得沮丧不堪，的确，埃莉诺·布莱尔敏锐的校正目光对我后期作品起了异乎寻常的作用。卡洛尔承认《种梦根深》就不存在这些失误。

阅读完手稿我打电话告诉对方我的看法，这样做至少省去写信了。然而我本应该坐下来对那日和卡洛尔很有成果的对话做细细的回味，而不是又一次"接纳"和答复别人的经验。恐怕我生活中这一难以解决的问题成了这本日记的主旋律了。够了。

卡洛尔会对巴兹尔的断言做出激烈的反对，尤其是对坚持赋予女人一种被动角色的词语“静止明了”。我和她观点一致，我重新被最近我置之一旁的这种见解所鼓舞——即任何一个艺术家都是两性兼容——也就是女人身上兼有着男性，男人富有创造的躯体中蕴含着女性。对此我一直深信不疑。令我有新鲜感的是她提出我们应该把所有的人类生命置入一个分布范围内，一端是极度的男性，一端是极度的女性，然后依次向中心推移。我还会同意超常的女性像超常的男性一样可能有位置偏移，具有伟大创造力、具有异常理解力的人接近分布范围的中心。如果我们不去考虑这些具体的百分比，每一个人从自己的中心（不论立足于分布区域的哪一点）出发，我们显然会感到更自由、更愉快。

4月21日

生活是一串一串的，持续的清心独居，然后是一连串的事情发生，几乎没有喘息的机会。格雷西·沃纳还在这里耙除潮湿草坪上的碎石，好使草坪整洁一些。有她在此真叫人感到宽慰，她总是那么开心乐观，是我所见过的最有成效的劳动者。看着她在外忙碌，我决意要更加勤勉地工作，既然春色终于漾荡在空中，或者更确切地说“是在地上”。春意的出现已有些时候了。花坛上的雪几乎全部消失，我逐渐地把云杉树枝移去。门前一枝水仙花盛开着，上周离开这里迎着漫天暴风雪南下度周末时我感到一种愤然。今早只有华氏四十度。

此刻生活中有许多事情渗入进来，但在这些事情中始终有一条使我持续思索的缝隙或是裂层。这是因为卡洛尔在我心中引出一个大问号，这就是我生活中的激情是否应该继续下去。在《一颗芥种》里我把所有的爱情诗都抑制了下来，因此，它给我的感觉是平淡无奇的。在这之前我一直是多面反映，在诗里反映一个全面的人——冲突、爱情、渴望以及政治意念（后一点我总是被击败，很早以前是被康拉德·艾肯，再后来是被路易丝·博根。设问诗——政治诗注定了是那种形式——已经过时。）。然而自从《种梦根深》一书出版后，我发现自己一种虚假的形象、一个“高高在上”明智老者的形象正在形成。我相信卡洛尔发现我并非是她想象中的人，于是在某种程度上感到失望，她所发现的我比她设想中的更为脆弱、复杂和不完善。在她写给我的一封信中，引用了我《爱人们之离婚》十四行诗的最后几节，言外之意是未能放弃个人生活是一种退化现象。但对我来说，这未免显得荒唐可笑，表明她自己需要这样的人，并非代表创作中我之所需。她这样结束她的信：“做人并不意味着中庸适中。然而一个人倘若需要用极端来认识适中的话，正如我相信布莱克[1]和其他人一样，也许适中是实实在在生活的最终报答，我们不是因为畏惧，而是由于明智而选择适中。”

我并不认为受人尊崇是诗人所关心的。诗人要做的是写诗，是要保持坦率和脆弱。任何一种关系都可以使我们得到提高，但最能使我们得到升华的关系是接受一个人有七情六欲，是一个完整的人。随心所欲做出“闭关自守”的决定未免自大而造作。

问题在于保持一种平衡，不被摔得粉碎。为了保持平衡，路易丝·博根晚年时停止写诗，或者说几乎停止写诗。某种程度上来讲，我确信，批评家所指的超然（尤其是他们对分析他人作品时的专注）与诗人在其作品中所表现的那一类超然正好相反。我们变得超然只是因为在生活中经历了巨大的打击，深深地体会到这种打击之后我们才被允许变得超然。作诗时所具有的超然是在细审这种经历。此批评见解是因心中愠懑而发，与卡洛尔的“适中”全然不相干。

假若我要带着《种梦根深》在读者心目中所产生的那种想象中的人物面具来生活的话，那么我只是一个不朽的神话，不会再发展，不会扔掉那张旧皮去换一张新的。所有这一切我都在心里忖度着，因为近十几天来我在酝酿着我生活中一个大的转变，这转变会引起人们的注意，甚至会在一些认为我

1　威廉·布莱克（1757—1827），英国诗人和版画家，著有诗集《天真之歌》《经验之歌》等。

这个“山上人”会在隐居中度此余生的人们心里引起不安。

前些时两位朋友来此，其中一位是画家，贝弗莉·哈勒姆。我得知他们在缅因买的一处房子要出租——绵延的原始森林地带、礁石海岸、伸展到大海处的草地，就像是在康沃尔[1]（多么迷人的梦！）——这在人口密集的缅因州沿海地带真是一个惊奇的“发现”。他们将在礁石上盖一幢现代住宅，然后把“旧房屋”出租给我。昨天去看了这所房子，想象着我住在里面，不觉有些忘乎所以。房子比纳尔逊的大多了，却没有纳尔逊所具有的特色……它建于一九二〇年，我猜想，牢固舒适，从那里可以眺望极美的景致，一片金色草地一直延伸到大海处。我在房里转来转去，想确定一处写作之地，这正是我心里琢磨的。我想那三楼十分严实的木板房间是可以考虑的。还有，啊，那大海——“大海，大海，我要永远和你在一起！”“大海，大海，你总是那样变幻无穷！”

是该转变一下了。每当想到和它有关的一切，我就来了精神——住在海边，听着海潮有节奏的声音，多年的梦想实现了。因为当我寻觅一幢房子，最后来到纳尔逊时，我首先看的是海。决定搬迁之前还要在此地再待两年——这段时间里我可以依据自己的方式考虑怎样在那里居住。那里有现成的“园圃”，有一处比我在纳尔逊设计得更好、容易拾掇的地块，还可以开辟一个小小的玻璃“绿色温室”，有一块可以采摘的园地已掘好，顺着篱笆，爬着好多玫瑰和铁线莲

1 康沃尔，郡名。位于英国英格兰西南端。

（甚至有一朵白的），低处台阶上种着球茎和多年生植物，屋前一株老紫藤绕房攀缘。看来这地方井然有序又与延伸至大海的广阔田野浑然一体。

整片土地令人难以置信地变化多样，甚至还有一处沼泽地（吸引鸟类）、一片卵石海滩以及众多大礁石。这正像缅因州本身一样……美丽而原始。

4月28日

昨晚降了霜。今天早晨看到白茫茫的田野，一种霜的灰白色，心里不由沉甸甸的。春天何时才能来临？

5月6日

此日记间断了好长时间，原因是没有一天不被诸事缠身，没有为自己空出时间来的日子。我发觉当我约好会见某人时，哪怕只是在下午，整个时间的内涵即刻改变了。我感到负荷过重。没有空间使上升的潜意识流露出来；当一天被弄得四分五裂时，梦幻与形象只能潜居在静静的深水中，一直下沉。另外我最近也经历了一种支离破碎：从内心到外界。自从四月二十八日我寻思春天什么时候才能来临以来，这段时间一直是阴冷多雨，天空阴沉灰霾，没有任何变晴的征兆。昨日终于天晴了，看上去几乎不能令人相信。此处只有小鸟——白颈麻雀和清晨听到的可爱的紫鸣鸟——在啾鸣着春天。渐渐地草绿了，今日四下观瞧园圃时，竟然见到十一二种不同种类的水仙终于绽开，还有蓝色的长春花也在开放。园圃此刻全然是蓝黄一片，有鲜艳的绵枣和真正安吉利科蓝的小花——也许是雪星花？叶子尚未抽出，只看见枝条有些充实饱满。

一天里我要出去五六次轰撵土拨鼠，它已经把蜀葵初出的嫩叶吃掉(我只希望吓跑它，而不伤害它。)。有好几个晚上真是热闹非凡，每到大约凌晨一点钟，屋后门廊上便传出雷鸣般的碰撞声，一只土拨鼠在木材堆边乱撞，寻找从鸟食槽上掉落下来的板油碎屑。我打开灯时它并不畏惧。前日晚上它到了窗下，爪子扒着窗台，冷冷地瞅着我，好像在说："你在这里干什么？"这周的一天晚上，朱迪和猫咪们在此，它从猫洞里钻了进来，拖走了所有放在洞边的猫食盒子。后来我起身下床把一只笨重的桶推至猫洞前挡住了猫洞；这样昨晚一夜我睡得很好，多日以来这是第一次，这对开始新的一天显然很重要。

昨天把朱迪送回家。她和猫咪们六月还会前来住一个星期,回去前她会把猫咪们留给我。这些生灵们有着过冬度夏且各有一位管家的两处住宅,真是被宠坏了。过去这一周,醒来后身边有一个毛茸茸的东西感觉是很甜美的——斯克朗布每晚都和我在一起,法兹巴兹在楼上和朱迪在一起。从小猫时候起,这些身有斑纹的姐妹们就各自独立生活着,相互之间很有忌妒心。假若斯克朗布在我床上,法兹巴兹就不进来,甚至在早晨饥饿的情况下也是如此。它蹲坐在门口,偶尔发出不耐烦的喵叫。

我五十九岁生日来临带来了大量信件与鲜花,星期天我准备了香槟和三明治款待五位朋友。然而那天及星期一整天都在下雨,心情不免低沉。实际上这低沉的原因和以往一样——我常常那样不近人情,对亲爱的朱迪显出不耐烦,皆因这些日子她的记忆力在衰退。荣格对这种痛苦的必然性的见解对我一直有很大帮助。我不时忖度人们认为亲密的人之间的关系常有波折,可对内心的痛苦这一点不知是否有所认识。我们害怕烦恼、变更,不愿把事情讲明,不愿涉及内心的痛苦。痛苦常常被认为是一种失败,其实它是迈向升华的大门。不管在什么样的年龄,痛苦与升华都是相伴而行的。荣格认为:"有心结并不意味着是一种神经疾病,因为心结是一种心理过程的正常病灶,这种过程表现为痛苦但并不证明是由得病所致。内疚痛苦并非是一种病,它是幸福愉快的正常反面。只有当我们认为这种心结不属于我们时,它才会是一种病态。"

也许当一种关系降低到责怪的程度时，显而易见继续升华的机会就被埋藏了，“这样就不再惹麻烦了”。今年以来我比以往任何时候对荣格所说的“让‘黑暗’、‘阴影’走进来”更有所领会。

> 阴影是一条憋闷的通道，狭窄的门，其痛苦的局限没有一个下至深井的人可以幸免。然而一个人要想知道自己是谁必须先学会懂得自己才行。因为走出阴影之门后是令人不胜惊奇、无边无际、未曾预料的不确定，所展示的显然是无里无外、无上无下、无此无彼、无我无你以及无好无坏。那是一片汪洋的世界，那里所有的生命都在漂浮；而同情之王国，生命之灵魂从那里开始了；那里我既是此也是彼；我本身在经历着他人，他人也在经历着我。

我们对承认自己的过错、自己的弱点太过于惧怕，然而只有这样做赦免之光才能降临。（我再一次重读了弗兰纳里·奥康纳的那段文章，那篇常常使我在愤怒、失望后阅读而变得感恩不尽的文章——慈悲之举。）我因下过地狱——自我愤恨之地狱、与我所爱的人争执之地狱——而感到一种新生，觉得回到了自我原谅的天堂，同时也原谅了对方，因为在我们的争执中，如果我们能承认的话，真相被掩盖了，它本可以表示出来。

几星期和几个月以来，为了宽容另一方，我一直用一种徒劳无益的虚假和平说服着自己。然而假使这其中涉及一种深沉的爱，那么对此就得有一种深刻的责任感。我们所能做的只能是用争吵去赢得发展和增进相互之间的理解，尽管它是那样痛苦，注定如此。害怕痛苦和害怕引起痛苦无疑都是一种罪过。不管怎样，我感到我又是我自己了，为即将而来的几个星期要做的事情做好了心理上的准备，这其中包括一场五月三十日的毕业典礼演讲。

是该改变一下了，我借里尔克《献给俄耳甫斯的十四行诗》中的一行对自己说："期待着变化，尽管你走在了它的前头。"纳尔逊这些日子变得越来越明晰真实，我正缓慢地做出离开它的决定。

5月7日

好不容易天空变得纯净蔚蓝，可昨晚又降了霜！

昨日没有时间记述我得到的极好的生日礼物。安妮·伍德森计划今天来吃午餐，这一天算是我往后一段时间里唯一的"空闲"时间。当我星期三从坎布里奇归来走进屋时，满屋子都是出乎意料的礼物——一盆吊金钟，两盆姣好的玫瑰花，一小袋精美巧克力小方饼，是南茜做的（仅十一岁），还有一张安妮留下的便条，说她把这一天的时间留给了我（她是特意在我外出时来此的）。这是她转让给我的一天时间，我脑海中正酝酿着两首诗，得赶快开始工作。

格雷西此刻正在园圃里耧耙圆叶风铃草落叶，播撒种子，如果一切都安排就绪，下午我自己将在户外开始今春首次园艺工作。

5月9日

自那美好的一天之后（我的确作了一首诗，且把第二首粗略地勾勒了出来），一直在持续可怖地下着雨。水仙花又一次被雨水打得颓丧不堪。但室内我却有美丽动人、散发着甜美馨香的鲜艳的橘黄郁金香，还有我生日那天得到的白色玫瑰花。因此，尽管我眼里含着哀伤（瞧着外面被踩躏的园圃），鼻子闻到这些沁人心脾的馨香却深感愉悦。

我哭泣的能力变得实在荒诞可悲。什么样的药物可以用来抑制眼泪？今天上午我写了几封“真正”的信，“真正”一词是与尽职尽责相反，它总使我感受到真正的自己。此刻内心世界是一片凄凉荒原。我们所需要的只能是面对现实，以求得到一些依靠，站得坚定一些。当我起床后，每吸进一口气呼出时都带着疼痛，精神的痛苦，一时间是那样钻心刺骨，以至在呼吸时我动弹不得。最后我换上干净的床罩被单，又喂了鸟，当然还有庞鸥以及那贪婪的橙色双胞胎猫，它们趴在窗前，透过厨厅窗户盯着我。我的确渴望一个可爱亲昵的动物（它们不是）。夏天猫咪们回来就太好了。

现在感到坚定了一些。过程总和以往一样：行至足够深处便是一块真理的基石，不论它是多么坚硬。看上去似乎我注定了是要孤独的，任何幸福的希望都跟我无缘。难道我太老了不能再寻求幸福的诀窍？也许太老了不能再接纳另外一个人走进我的生活，永远分享我的生活？果真如此的话，我只能是守住我所拥有的了……我所拥有的是众多的朋友和对大自然绝对的炽爱。并不是一无所有！

5月15日

现在正是时候。虽说一整天都在猛烈地刮风下雨，水仙花，各种不同的水仙花却在争奇斗艳。小朵明丽鲜红的郁金香也是那样美妙姣好。说正是时候是因为树上的叶子尚未发芽，透过柔嫩饱满的细枝条，阳光和蓝天在闪闪发光。整个树的轮廓仍是清晰可见，朝外望去玻璃窗呈现出五彩的斑斓。昨日瞥见了一只蜂鸟。围着鸟食槽的有紫鸣鸟和金翅雀，而且我还听到了黄莺的歌唱，它栖在高处树梢头啄吃枫树上的花簇，尽管见不到它的影子。格雷西昨天来首次修剪了草坪。最近几天我种了六株玫瑰矮丛树以及二百多种小植物，诸如在园圃边缘的低矮牵牛花、耧斗菜、白羽扁豆等以构成园圃围栏，这个寒冷的严冬使围栏里的原有植物死去不少。由于自五月一日以来曾有过两次霜冻袭击，我担心杜鹃花会受到影响。

除了十月以外，眼下的月份算是此处一年中最好的月份了，我对在这大好季节不得不四处跑动感到怨怒。但也只能如此。前两天我才从弗吉尼亚州里士满回来，去那里参加米勒和罗兹为作家们“举行”的活动。我对衣着服饰过分不安。整个场面气氛使我困惑不解，置身其中我将永远不会、永远不会感到自在。活动进行得还算顺利，然而回到家中我却忧心忡忡，闷闷不乐。为什么牵涉推销书就如此不悦？像我这样的作家怎么样才能在庞大机器中求生？亲眼看见这庞大机器在运行，哪怕是很短的时间，都令人紧张不安。

这一次的收获是和与会作家中的两位即刻建立了友谊。其中之一C. D. B.布莱恩有着我曾在伦敦见过的英国年轻人所有的迷人风度：优雅谦和、坦率风趣、谈吐高雅。另一位是托马斯·弗莱明，爱尔兰人，精力旺盛、壮实、敏感。他们使我感受到一缕新鲜的空气。

然而正像在我们分别时泰德·韦克斯所提醒我的，一个人经历如此之多的“曝光”，两天之后就会有反应，这两天来我就疲倦得要死。

5月16日

这一天灰蒙蒙的……然而十分奇怪的是灰蒙蒙的天气使室内一束束水仙花显得格外流光溢彩，是一种白色的光彩。今天早上还在床上时，我可以清晰地看到大房间里那荷兰老式蓝白瓷罐里一束水仙花是那般鲜艳夺目。七点钟前我穿睡衣走出去，因为看上去要下雨，我把各样花卉都采了一枝，共有二十五个品种。早起是值得的，我第一眼瞧见的竟然是几步以外栖在丁香花丛上一只鲜艳的红莺——那景致真是绝妙惊人！没有什么红色能红得如此艳丽动人，没有什么黑色能黑得这般不可形容。

5月20日

一股热浪正在袭来——昨日下午温度达到华氏九十度。这温度真够人受的，水仙花一天以前还是那样娇嫩新鲜，此刻正经历着炎热，黯然失色。目前来说，花圃甚为美好。再过两三天树的叶子就会冒出来，起初是透明的新叶面纱，然后就会成为一层厚厚的帘幔。我住宅下面的小山将会被遮住，要等到秋天才能再看到。当树上的花还在开时，是观鸟的最好时刻。黄莺高栖在枫树上，啄食着花朵，每隔几分钟便发出清脆的鸣叫。我瞧见过它，但总是面朝着阳光，因而未能很好地观赏它那翅膀上闪耀的赤金。昨晚在屋前廊下坐了半小时，被草地坡下树丛那美妙的色彩、柔和的红色夹着的淡淡绿色陶醉了……燕子在谷仓房上穿梭来去……杨槐树上一只麻雀正在唱着傍晚之歌。

瞧上去好像内华达，谷仓旁那串几乎有八英尺高，被五月下旬的花卉簇拥着的单株白玫瑰死去了。

此时此刻花圃中最为珍奇的都是顶小的花——围绕着荚蒾的是一小片蓝木银莲花，极为出色；连翘底下的豹纹蝴蝶花有着奇异交错的铃形花朵，姣好异常。那大朵的白色铃铛花，每一朵花瓣上都描缀着一个小绿点（好像孩子描画的想象中的花朵），此时正开得旺盛；白色的紫罗兰也开花了，花蕊中有一纤细的蓝条——想到这些日子我不得不外出便怒从中来。变化来得竟是如此迅速。我真想待在这里。

5月25日

这些日子季节显得变幻多端、阴晴不定、疯狂气恼，就像我的心境一般，太多的需求和事务窒息得我喘不过气来。有好长时间我没有体验到自己认为的“真正”的生活了。自五天前记了日记起，温度降到了华氏二十度。但不管怎么样，大多数植物都还活着。铁线莲此刻很柔嫩，有一晚我用麻袋把它裹了起来。

一股寒流过后是连续几天的烈日和强风，阳光穿过树叶，斑驳地照在地上，使得天空瞧上去晃眼。一切都处在动态中。此刻苏格兰式的雾霭弥漫着，像是要下雨，这雨来得正是时候。昨日设法把所有一年生植物种子播种了下去，而且还种了几盒烟草、芫荽，一些耧斗菜，又多种了一些三色堇，整个干活期间我得不停地挥撵着在脸部团团转的黑头苍蝇。做完这些活计后觉得一阵舒心，这算是入春以来最费劲的工作了。这之后随着春天的进展我可以有一段长时间来欣赏园圃。水仙花近乎萎谢，但郁金香和荷包牡丹绽放着。

谷仓底下有五个小旱獭真是一种灾祸，尽管它们那样惹人喜爱，像玩具小熊一样。无疑它们在下面啃掉了蜀葵。但我现在比过去对此灾祸更能从哲理上予以接受。我想我正在学会不太以个人之见去对待它，也不多计较因此而导致的后果。园圃在日益生长变化着，这意味着失去，同时也象征着在不断得到新的珍品，这足以弥补那为数不多的灾祸。

蓝色的三色堇今年真是美极了。我认为蓝色是园圃中最令人兴奋的颜色。蓝色此刻在园圃中比比皆是：弗吉尼亚蓝铃花、麝香花、蓝色樱草花，以及五叶银莲花。不久小树林里蓝铃花和夹竹桃花会开得到处都是。

安妮·伍德森正准备前来吃午餐，想到她会那样专注地瞧着这一切真令人高兴。

我一直渴望着有一个人我可以与其分享一切，然而我慢慢平静地意识到这是永远不可能的。还是把注意力长久地根植在别的什么地方为好，但我想它只能是根植于工作中。也许这个月我感到散漫悠闲，因为眼下我并没投身于什么重要的工作，即可以迫使我把小事放在一边，不论发生什么事而只专心致志于此的重要工作。

5月28日

有时候会收到不知从哪儿寄来的极为美好的礼物。昨日出乎意料地收到了匿名寄出的礼物，是一本克拉拉·E.莫斯塔特斯写的《孤独》。我打开书翻到这一页："我开始认识到孤独不好也不坏，孤独不过是一种集中和无限的自我意识，一种诱发全新的感觉和意识的起点，这起点会导致一个人从根本意义上深刻地感触他自己的存在和别人的存在。”

这些日子我的生活显得紊乱阻塞。小旱獭正吞吃着园圃，但它们是那样欢乐，我又怎么忍心把它们弄死？那只浣熊每天晚上大约在凌晨一点钟时都要把我弄醒。它把厨房外的木柴棒折腾得乱响。打开灯时，它好奇地冷冷瞧着我，然后慢慢拖着笨重的身子顺着柱桩爬到了屋顶上。但几分钟后它又折了回来，一切又重新开始。昨天晚上我不去管它，任它自己折腾去。谷仓里三只猫一天前来五次朝我哀叫，我不忍心，给它们喂了食。我不喜欢那两只橘黄色公猫，但那母猫，整个冬天我都在关切注视、真心爱着的母猫竟怀孕了！

另外，庞鸥的左眼肿得好厉害，我担心这只眼会变瞎。待即将来临的两场演讲过后（一场是星期天新英格兰大学的开学致辞），我一定要带它去看兽医。它不再高亢鸣叫了，可怜的东西。鸟类竟是如此勇敢！我记得D. H.劳伦斯在他的一首诗中说过，它们“永不为自己感到难过”。庞鸥仍然用它亲昵的声音跟我说话，但清晨它不再发出愉悦的叫声了。

我被所有这些忧虑缠绕，但这并不是我所说的紊乱阻塞。紊乱阻塞确实像流水过后淤下的泥沙，像流水——畅通的心灵——被淤泥阻塞住一样。昨日在基恩用了四小时让人检查车子，换上两个新轮胎，还买了几件夏装。信件堆积得令人生畏，书桌上好大一堆杂乱无章的东西等着我去答复。到最后置我于死地的不是烦恼枯燥（因为烦恼枯燥至少向灵魂寻求着什么),而是每天的日常。

爱恋关系的巨大价值自然表现在它像焚烧垃圾一样使紊乱淤阻焚成灰烬。当X和我最初认识时,生活除了是一首长长的赞美诗以外便无其他。此时我在修改这些诗,所以我很明白X走进我生活最初几个星期我们的关系与现在的不同之处。我们现在需要的是宽容、耐心和设法弥补我们的个性与气质,甚至是价值观的不同……以及我们生活格式塔心理之间的差异。X离开自己的工作一星期,此工作可以完全丢开不问。但我的工作却不能置之不理。倘若是那样,那就意味着情感和分析力的终止,意味着洞察力的终止,而所有这些当我和X在一起时并没有变得迟钝起来。詹姆斯·柯卡普在他的诗《诗人》中说得多么好:

> 他生活中的每一片刻都是一项任务,他从不休息,
> 当他看似无事可做,他工作得最勤。
> 至少是用语言记述,
> 通常是未写出与讲出的一切,
> 而常常留下不说又是再好不过,
> 因为正是无法言说的事物,
> 他才必须用普通语言设法去表达。
>
> 倘若,以艺术和机遇为媒介,
> 他表达了难以表达的一切,

那么它要像呼吸一样自然，
又有一种灵感蕴含其中。
无人问津他的奇迹使他越发孤单，
然而他定要行他的独径，逍遥的温柔怪人，
在狂躁又理智的人群当中。

我感到紊乱阻塞是因为我没有时间去剖析经历。这就是所说的阻塞——几乎窒息我心灵的未经探索的经历。太多的事情涌进了这幢房子——要我去阅读和评论的书籍、手稿、信件，一位老朋友要我谈谈对一本日记的看法（是否可以出版），诸如此类的事情。这便是紊乱阻塞，并非是什么旱獭浣熊！

6月4日

我终于下了过山车，最后一次在公众场合露面的时刻结束了，可以平静一段时间了。多少日子以来今天是我第一次在开始写信之前，优先考虑我自己的工作，我在作诗。

但现在我必须说说其中的一封信，这封信告诉我爱默生·克罗克因脑肿瘤去世了。我为这样一个罕见的富有仁慈之心，尤其对老人心怀仁爱之人的去世感到哀伤。印象中他是那样善良，比如说他带着奶昔和三明治去看望亲爱的老埃塞尔，坐下来和她待上一小时一起吃午饭，好好聊一聊——一位真正高尚的人。在仁慈善良变得甚为稀少的时代他竟是那样不吝给予别人。相比之下，有一件事显得那样丑恶。一位朋友去参加老同学五十周年聚会，路上她在宾夕法尼亚车站排队买票，行李箱竟被人偷去了。我又拿皇后大学的氛围和爱默生的善良做比较（前天我在那里朗读诗歌），那里不仅每一间办公室都要随时上锁，而且每张桌子和每个文件柜的抽屉也是一样。书架上贵重些的书籍无一不被留心看管！气氛简直像监狱一样戒备森严。当一位老妇人在公众场合之下遭到抢劫，有着丰富知识传授给学生的学校，竟把自己武装起来以防备学生，我们又该如何去提防芸芸众生的行为？

我把爱默生一生善良和受人爱戴与我所听到的年轻历史学家们喋喋不休地对乔治·萨顿的贬低做比较。当然他有他的不足之处，这也许根源于他生在十九世纪、而不是二十世纪的事实；正因为如此，他永远不会理解弗洛伊德。用现代的观念来看，他也不是一位社会学家。他是一位老派的真正的历史学家，着眼于那些被人忽视，或只是零星记载下来的历史。无疑他的伟大在于他用一种整体的眼光把艺术、科学、宗教作为人类的伟大发明来看待，因此，正如他常常所说：通过对人类科学史的检验，达到科学的人性化。他不仅乐于强调具有国际性质的科学实验，而且注重那些靠着默默无闻投身事业人们之成果，站在其肩膀上最后成为“天才”的巨人们所取得的每一项成就。如此来说，年轻科学史家们是站在乔治·萨顿的肩膀上了；当然他是父辈式人物，一定得压下去，只有到了科学史祖父辈时，他才能有自己的地位。

来吧，让我们嘲笑伟人
他是那样心事重重
不辞辛苦劳作到很晚
想要在身后留下什么纪念
却不考虑那夷平一切的风。

来吧，让我们挖苦智者，
他们瞪着酸痛的老眼，
盯着所有那些历书，
却从未见过四季如何循环。

然后嘲笑那些嘲笑别人的人
他们也许不愿抬手助人
协助善良、智慧与伟大
把那恶劣的风暴关在门外，
因为我们交换着嘲笑。

对此叶芝说得一点都不错。

6月12日

多么不寻常的春天，六月里竟然降霜！最近两天温度降到华氏三十二度，但清爽的天气却令人非常愉悦。这也说明丁香花已开了两星期，现在刚开始凋谢。那些淡紫丁香起初变成一种银色，继而又转换成令人哀伤的棕色；而那些艳丽的深紫色丁香却在这过程中变成了淡紫色。再说郁金香，什么时候曾经开花这样迟？三枝鲜红的郁金香和白色的丁香仍然插在大房间里的花瓶中。今天早晨瞧着它们时，我不由想到那明丽的红色在园圃中几乎就像明丽的蓝色一样少见。哎哟，牡丹花竟变得红中泛紫。

我对浣熊很热心，然而对那只每晚过来把木柴扔得到处都是、一小时后又把垃圾桶撞来撞去的浣熊极为恼火。现在我把猫洞门关严实了来对付它……同时也对付四处乱跑没有家的猫。眼下这类猫有三只，当不同派系碰到一起时免不了相互怒目嗔视、嘶嘶作声。喂它们食物时，我急急跑出去把食碟藏在灌木丛底下，这样我自己的猫就不至于因妒忌而动怒；如此一来，对这里的猫来说就像是对外寒暄打招呼一样，一个女招待竟为外面的顾客服务！

很高兴又恢复了日程安排。诺顿出版社将出版一本新诗集以庆祝我明年春天的六十岁生日。九月底我一定得把稿件交到他们的手里。只要有一个截止期限在那里，我工作起来就会好得多。没有期限的时间很难有什么成效。

6月15日

三朵白色牡丹花开了。它是怎样从扫雪机堆在它身上的成吨的雪下复苏过来，此刻在我面前展示出只有花卉才具有的神奇？我不停地出去看它，我正在修改一首以白牡丹为形象的诗。当然问题在于修改时诗是以冷静的方式处理的，强烈的感情变弱。情绪激动时，灵感是具有批判性的。这天早晨我几乎绝望了。

难就难在把一种轻快和流动感表现出来，就像光与影在花瓣上游戏一般。诗的构思总是很独特，一点也不顺畅，但诗的效果却流畅自然，决不像石英似的坚硬死板。

在这一年当中几个星期的大好季节里丢下园圃到缅因去我不甚情愿。此季节正是蝴蝶花和牡丹花开放之时，但无疑这些日子以来我几乎到了精疲力竭的边缘。当一个人到了甚至连愉快也不能去享受，实际上只有黑夜和睡眠才受欢迎的地步，事情就糟了。今早直到九点钟我才起身，足足睡了十个小时（我把垃圾桶拿进房，除了一场浣熊与猫之间的争吵外，这一次整个晚上算是安静的）。一个人怎样才能得到休息？我正试图以消闲自在、不给自己施加压力来得到休息。一步一步地来，真像是从一口深井里往外爬。

6月21日

周末和X一起度过。星期五下午走时就知道花开绚烂的时刻就要到了，但却不曾想在九点前到家时看到尘土中鲜花在怒放。大部分牡丹花都开了，典雅庄重有如天鹅，花蕊中间缀着深红蕊线，还有大部分石竹花也开了（我不太喜欢）。蝴蝶花开得到处都是，大围栅末端是高大的红色虞美人，还有一朵鲜艳粉红的孤枝玫瑰。一切都干燥至极。我一早六点钟起来浇水，然后摘些花插在室内。

但这一晚并不安静，大约十一点时那只浣熊开始在外四下折腾，尽管我又一次把垃圾筒拿了进来。但这个坚持不懈、聪明的小家伙下定决心要从猫洞钻进来偷走猫食盒子。这晚后来可真够热闹！我在外面门廊上放了一把椅子，上面堆满木材，堆得满满的，看上去不可能摇动。根本不是那么回事！半小时后就听到碰撞声，出去打开门廊灯，只见浣熊在匆忙地拖着二十磅重的鸟食罐，这是最后一道挡着猫洞门的堡垒。我朝它喊叫，它不高兴地瞅着我，我回屋又睡下。这样重复了大约有五次。每一次我都加重阻挡分量——每一次都徒劳无功。后来我取了火枪朝它射击企图吓跑它，但它不一会儿又折了回来。这之后我有三次赤脚出去，解下水龙头，用细而冲的水朝蹲坐在门廊顶上的小家伙喷射。

把猫洞里里外外都用重物挡住后，两点钟时我已累得精疲力竭，一定是睡熟了。今早醒来后竟发现浣熊成了胜利者！东西被扔得到处都是，几盒猫食已从猫洞里被拖至外面，丢弃于门廊上，散开了，几乎没有动过。在我看来这场比赛纯属恶作剧而不是出于饥饿！唯一解决的办法就是把猫洞永远堵住，用木板把它钉起来。

6月23日

这些日子发生的事情太多。我又怎么可能充分意识到园圃里所有的一切竟是花开花落进行得如此之快？整整一年辛苦劳作与期待，期待着如雪似的白牡丹灿烂盛开之时来临——然而转瞬间它们就凋谢了！今早我躺在床上对此思索，也想到了米尔德蕾德说的话："爱的种子需要浇灌，否则它便会死亡。"她离开时，这屋里变得和平宁静。美和秩序又回来了，你会感到她留在这里的一丝芳香，比如说上面那句话；因此她在这里的工作属于一种艺术。在清洁和整理的行为底下蕴含着一种神秘的仪式，因为用爱心所做的一切比事务本身有着更多的意味，带着某种天体秩序般的协调美。

用了整整一年时间把三株特大白牡丹和两株淡蓝蝴蝶花移进室内，做这件事费时之久并没有使我们感到惊讶，也没有令我们恼怒。事物似乎总有自己行之得体之处，争奇斗艳的时刻蕴含着长期的忍耐和信心（有多少次暮春之际我担心紫丁香会被冻死，可末了它们总和以往一样开得烂漫多姿）。同样，它们不能长久也是正常的。而在我们人类关系中，当必须等待最灿烂的时刻鲜花盛开时……然后这种时刻还不长久，我们便变得怒气冲冲。我们达到了顶峰，之后又不得不下来。

也许耐心是我们学会的最后一桩事情。我记得年迈失明的简·多米尼克对我说过："依旧等待。"那时我不满三十岁，她已六十多岁，想到一位如此年长之人仍然能这般热烈地期待着某人，令我惊讶不已。现在我明白了，这样的人一生都是如此。

7月7日

从绿岛归来，和朱迪一起去那里进行一年一度的朝拜，看望安妮·索普。这岛屿有三英里长，面对沙漠山，刚好位于西南港对面萨默斯湾入口处——岛屿到处覆盖着冷杉、云杉，多彩柔软的青苔，一块一块的蓝莓地段，和一片长而开阔的牧场，一直延伸至海水泳池旁。我们来到这没有时间的世界中，沉湎于往昔的传统；我们住在维多利亚时盖的房屋中，这座贴着橡树板有许多房间的房子是由安妮父亲在一八九〇年建造的。在其中住上一周左右我们被一种安全感、舒适感包围着。我们重温了往日那些熟悉的快乐——坐在阳台上，望着静静的帆船驶过海湾，瞧着变幻多端的云彩，目睹阳光与影子映照在水面上、小山上，捡蛤蜊，或是用蓝莓做晚饭，采扎一束束野花，寻找极小的树种以及青苔软泥片，为回家后修造日本花园做准备，高举蜡烛迈上有扶手的大楼梯进入寝室（没有电灯），埋进我们的黄铜双人大床里，一连几小时身挨身地聊着天，然后睡去。我们又回到了孩童时代，每人被分配些小活计做，和“全家”一起坐在楼下门廊大桌旁进餐，进餐时安妮做餐前祷告，她是这个亲密大王国里的女王，用过餐后我们可以坐在那里说上一小时，天南海北谈论着，交换着一年来的所见所闻，从政治到哲学，一直闲扯到太阳落山，末了我们进屋烧旺了壁炉。

这里的日子是没有时间感的，部分原因是生活在此既有秩序又无拘无束。我们自己生活着，丝毫不感到通常的那种紧张与压力。我上午在那间被称为达迪的房间里工作（达迪是索普家的护士，死去很久了），隔壁是育儿室。中午时分，我和朱迪穿过树林，不时停下脚步聆听小鸟啁鸣，然后越过野地，漫步在多毛金光菊、簇簇杜鹃花丛中，偶尔碰上娇美的紫色风信子，抑或是在游泳池里游游泳。晚间我们高声朗读。我的许多书的手稿都是在这里第一次被听到。深邃幽静的大房间里，壁炉燃着圆木干柴，一人卧在熊皮毯上，安妮坐在沙发里，其他客人闲散地围坐在四周，中间一盏阿拉丁神灯熠熠闪亮，和六个月之后书籍装订出版最终送至纳尔逊相比，这种“出版”方式更令人欣慰。

自我父母亲去世后，这岛屿便成了我生活中固定的居所，除朱迪之外，安妮·索普也成了我家庭生活中最亲近的人。这里是一处恢复自我、安然自在的地方，你可以暂时不受到伤害、攻击，每一种感受都是一种滋润，灵魂得到了休息。

将来某一天我希望能详尽描述这座岛屿，但今天我要说的是居住在这岛上的主人所具有的特殊品质。我称颂安妮·索普，因为她像赋予生命的刻瑞斯女神一样一生都在奉献。过去一年里，我一直在思考妇女的生活，思考她们生活中出现的问题与冲突，以及未婚女人偶尔体现出的价值。安妮就是代表这些价值的极好范例。对她来说，生活本身就是一种创造，但不是以作为妻子、母亲以及祖母的寻常模式。假如安妮结了婚，她的生活会与现在不同，而且无疑是过着一种富有的生活，但她不可能做到像她现在所做的，也不可能以她现有的方式去生活。此处有好几幢房子，夏天全都住满了来来去去的家人与朋友。安妮的生活涉及好多方面，她在林荫山学校工作过（在那里她是我七年级的老师），而且那之前一战后去了法国，在一所法美孤儿院照料难民儿童，后来第二次世界大战后到了德国协助一神论服务委员会在布莱梅建立了一处公益社区。由此看来，岛上汇拢着大批不同年龄、种族的人。

下面船屋那里无疑会有一些小男孩儿专心致志地在用

漂流的木头制作小船，远处树林里一位老妇人在采集植物标本，或在鉴别鸟类，一对年轻恋人坐在岩石顶上长时间促膝交谈，对未来充满憧憬；岸边一艘工作船上一家人正在钓鱼。再说安妮，从始至终，肩挎一布袋，步履轻快，为新来的客人准备房间，要不就是牵着一个小男孩指给他看鱼鹰的巢，或是问朱迪和我“要不要喝杯茶？”每年夏天她总有一两次离开岛屿，每当这时，就会出现一种空空的感觉……觉得少了点什么。那个把所有线头牵握在手的人不在了。我们或多或少觉得惶惶不安，也有点孤独。

安妮现已七十多岁，有些驼背。然而她的形象依旧是纳芙蒂蒂王后[1]的形象，她仍然迈着女神一样的大步。为什么说是女神？脑海中涌现出这个词是因为（大概是五十年前？）当我还是一个孩子的时候，在朗费罗家花园里看她跳一种叫作“女神”的民间舞，自那以后就和这个词有了联系。作为朗费罗的孙女，以我这个欧洲人眼光来看，她有着美国贵族的特点。她给人一种肩负贵族责任感的深刻印象，与那企望被人承认或是逃避普通人应有的责任义务的“特权”阶层大相径庭。她所表现的是做人的博大胸怀，一种以可能的方式给予的博大胸怀，这种胸襟使得她的存在成了一种美好的礼物。她甚至不会对一只耗子生气。捐赠金钱时，她施予的是她那颗心，就像当年在林荫山学校时多少年她都始终如

1 纳芙蒂蒂，公元前十四世纪埃及王后，以支持其夫阿肯纳顿国王进行宗教改革闻名。二十世纪初考古学家发现了她的半身彩色石灰石雕像。

一做到的那样。也许这一切来自于先天遗传的仁慈，然而安妮，除了和家族这一点有联系之外，是一个独特的人。是什么造就了她奇特的品质？这是一个今天一早上我都在寻思的不解的谜。

大概关键之处是她特有的包容能力。无论何时何地，也不管是喜是悲，她总是随时出现，去分享、去安慰、去充实那人类渴望倾吐、渴望理解之心。所以一个玩具小熊会像魔术一样使一个绊了脚趾头的一岁男孩顿时破涕而笑；所以一个拿不定主意该嫁给谁的年轻女子可以心平气和长时间地吐露心事；所以一位年迈老妇可以兴致勃勃地讨论着即将来临的总统选举，在安妮的蓝色眼眸中看到了与自己一样兴奋的火花。这种参与决不是出于被动，而是像经常发生的一样，你所捕捉到的是骤然间迸发出的大笑，那场景是那么生动、纯真。对于分身在艺术与生活中的我来说，感到不可思议的是安妮对人对事有着巨大的包容量，她似乎从没有因为手中握有许多线头，尤其是在岛上，而感到一种压迫、一种负担。这真是一颗神秘之心。她是怎么做到的？她又是怎样把此刻、人的此刻与所有的其他隔开？也许在这一点上她是一位诗人。当我在作诗时我是不会去想我在园圃里应该做什么，或是想到还有一封信没有答复之类的事。那时我全身心投入到无限的创作世界里。安妮生活的每一天、每一刻似乎都是生命的开始和生命的终了，她用全部的身心去生活着。

我和朱迪回忆起在绿岛时的欢乐——也许是在纳尔逊的圣诞节我们围坐在壁炉边时——几个栩栩如生的形象又回

到了眼前。我们回忆起有一年大角猫头鹰在岛上栖息筑巢时安妮给我们模仿它们交配时的啼叫。她双臂张开做翅膀，顿时她就变成一只猫头鹰，发出的叫声那样令人难忘，至今许多年后想起来我们都会笑得流出眼泪。还有一次我们到另一幢住着孩子们的房子里去。安妮穿着她的红色长斗篷，使人想起当年她在瓦萨学院读书时的情景。突然间她兴致来了，把红斗篷一张，张得像是蝙蝠翅膀，然后直扑猛抓，引得孩子们欢乐不已，他们也许还被花园里这个新降临的女巫的逼真形象有点吓到。我一直不能忘怀的是某次我捕捉到的安妮的形象。记得当我结束了一上午的工作，从宽宽的楼梯上走下来时，安妮坐在“办公室”里那张大卷盖式书桌前她父亲生前用的椅子里，低着头在计算或是在写信，神情有些疏离，全然沉浸在账目或是信件里，突然间被什么逗乐了，她神秘地微笑了一下。最近一次去看望安妮，心目中她的形象格外鲜明，晚间八点十分她准时和我们一起站在岸边岩石上，怀着特别期盼的心情，等待巨大的深橘色的月亮摇摆着升上天空，在静静的水面上倾泻出一条笔直平滑的银带。

我没有寻得秘密——谁又能够？——然而在又一次回到喧闹的纳尔逊之前有一小时来领略这位最亲密的朋友的神秘之处是多么的美好！

回到纳尔逊迎接我的是怒放的玫瑰花和日本金龟子，一个多月的少雨或无雨之后，园圃干燥极了。在门廊下我发现了一些小猫咪。野母猫那小东西显然觉得在那里安全可靠；它瘦得可怕，肯定又是被它那些可恶淫乱的儿子们追逐着，其中一只无疑是这些小猫咪的爸爸。

我一早六点钟起来浇水，然后插上两束娇美艳丽的鲜花，以示夏天之美好，这样做是让我自己和房屋回到旧有的状态中去；壁炉台上摆着毛地黄、耧斗菜、一朵硕大的和平玫瑰、一朵白色头巾百合花、些许白色铁线莲花枝，以及一枝每季只开一次且一次只开一朵的粉红玫瑰花。室外花圃里的法国石竹和保罗·芳汀花朵绽开了，一株呈淡粉色，另一株是暗红色、传统的一层套一层的的玫瑰花，它们的名字听起来和它们本身一样美好。

当外面有这么多事情需要留意时是很难待在室内埋头工作的。然而我又不得不如此，因为只有五天时间，五天之后我又要去和X待上一星期。这个夏天像是一盘棋，对它我只能是尽量理智地一步一步移动，欢喜一时是一时。

浇完花后我又返回床上用早餐，读着星期天的《时报》一篇很有说服力的论梭罗的文章。文章认为梭罗的新生脱离现实，因为他对“永恒瞬间”的耕耘排除了人与人之间的关系，因而在我们所处时代他不会是一位令人信服的精神引导者——我们所处的时代是“社会人”不得不在痛苦中生存的时代，我们被迫接受越来越多的东西。很大程度上，梭罗希望而且成功地成为一座脱离大陆的孤岛。我们不得不对这种可能的或是美好的神话开始不再轻信。我感到一年来推动我持续记这本日记的原因之一是我觉得《种梦根深》塑造一个虚假的精神乐园。我要摧毁这个虚构乐园，事实上，为了越来越接近和接受现实，我已觉察到自己在默默地摧毁着这个虚假神话，尽管是我自己创造了这些神话。虽然斯蒂文斯夫人自己的生活方式很浪漫(正像所有的美人都崇拜美人一样),但她在对待这个问题上并不浪漫。

在我一生中,当我和其他人一样努力追寻真谛时,我目睹了一个又一个令人欣慰的虚构神话遭受到抨击,我们接受了这样的事实,即文明人是所有动物中最残忍的;我们也认识到,倘若被给予一种绝对权力,我们都会变成施虐狂(德国集中营、凯利中尉[1]等等),邪恶并非是宗教上用来慑服人们的一种概念,而是一种绝对的事实,即我们每一个人都在和自己搏斗着。我们也不得不承认民主在美利坚合众国已不知不觉地被接管和转移成由大企业以及权力集团所控制的政府民主,包括劳工组织和军队,其实质几乎脱离了“人民”统治之概念;因而我们才卷入一场可怕的战争中去,对这场战争我们没有信心,最后我们无可奈何地结束了它。我们也逐渐懂得了,黑人远远没有获得“自由”,他们仍然在各个方面受着压迫。现在我们越来越意识到妇女必须要经过艰难痛苦的搏斗才能获得个人意志的自由,才能完全被承认。我们不得不吞下这样的苦果:许多,甚至中产阶级出身的少男少女在进行犯罪活动、吸毒,原因是我们所创造的社会风气缺少某种东西,以至他们从这种最为惹是生非的来源中寻求“启发”。我们也目睹过学生由于愤怒和饥饿而捣毁公立学校。而且,最难的是,我们不得不承认西蒙娜·薇依所讲的也许是正确的,

1 威廉·凯利(1943—),美国军官,因越南战争中发生的美莱村大屠杀被判处谋杀罪。

她说为了使上帝不再对这个恐怖的世界负责，我们不得不把上帝陛下置于无限遥远的地方。

使人惊奇的是尽管存在所有这些令人绝望的因素，仍然有那么多富有胆量的人在不停地战斗。

在我去缅因州的前一天晚上看了五分钟哥伦比亚广播公司播出的节目《查理斯·库拉尔特之旅行》，这一看竟使我潸然泪下。故事描述一个黑人——布莱克先生，他是一位砌砖工人，来自北卡罗莱纳州，年龄已有九十三岁，有着一张热情洋溢的清瘦面孔。由政府出资，布莱克先生乘着飞机飞往非洲某个国家，这里要用泥土制作砖坯，急需建筑材料和专业技术人才。布莱克指点他们如何挖黏土，如何做出模型，又如何以极少的成本甚至零成本来建造一座座村庄。在表现一个人所具有的才能方面，这是多么使人充满想象的行为！而且，身为一个年迈之人，看到自己的天赋有用武之地，发现自己有许多东西可以给予别人，在他这是多么了不起！我把这故事看作一则发人深省的寓言，这也就是我为什么落泪的原因。

7月8日

比尔·布朗计划前来吃午饭。在这过去一个月内他先后失去了双亲，他亲爱的父亲前一天才因心脏病突发去世。我一直在想他，想他现在和我一样成了一个孤儿。五十岁时成了孤儿？孤儿一词使我想起了亨利·格林在我父亲去世后写给我的一封信，那时他八十多岁。信是这样开头的："现在你也成了一个孤儿。"正在这时，比尔打来电话说他病了，总之是不能来了。

结束通话前，他九十岁的姑母——艾米·卢米斯要和我说话。她要告诉我的是她对我母亲生动的记忆，这在她正值丧失亲人之际显得有些特别。她记着我母亲在因特韦勒的梅里曼夫人家采花时的生动情景，记着她手中拿着的鲜花（我记忆中有美妙奇丽的蛾蝶花），以及她抱花的姿势。梅里曼夫人家的花园修建在倾斜的丝绒般草地的一面，花园的形状像一片枫叶，有许多一年生和多年生植物小花坛。清早采花、插花令我母亲开心极了——来自别人除草拔莠的花园里的鲜花！

我们一年一度因特韦勒的走访是一大乐事，到那里对我父母而言很大程度上就像我去绿岛一样重要。房子宽敞，布置得体，满屋都是珍宝奇物，其中有一个珍品橱柜，里面摆满了稀有贝壳，此橱柜是上了锁的。每天下午四点，司机准时开着那辆黑色皮尔斯轿车来接我们到湖边，瀑布，也可以说是"风景"的地方。四点半时梅里曼夫人从她的手提包里取出一个小药盒，递给我一片麦乳精奶糖，作为对我的一种特殊优待。一年夏天，我为她制作了一本袖珍诗集，配有水彩花卉插图，那些日子过得多么愉快。有时候我渴望我的余生就这样度过——为我所爱的人写东西——决不再出版。

《新政治家》七月二日刊登了一篇对LM有关凯瑟琳·曼斯菲尔德一书的评论。终于，在八十三岁时，LM讲出了自己知道的事情。时至如今，我们所看到的只是在曼斯菲尔德日记中有关此事的删节版。当然毛里不急于坦露真相。然而在日记出版时，似乎没有必要把LM慢慢吃香蕉写得那样残酷。考特过去总说她是一个“好人”，是得到他盛赞的为数不多的人之一。这篇由克莱尔·汤姆林写的评论标题是《妻子的故事》。最后一部分写道：

> 在不能照看凯瑟琳的逃避责任的毛里和完全献身于凯瑟琳的LM之间，钟摆一直持续摆动到凯瑟琳生命的最后几个星期。之后她从两者生活中隐退了。直到那时，情况是这样：在看护凯瑟琳、生活中尽量使她舒适些这方面来讲——她常常疼痛难忍，虚弱得很——毛里是完全不行，或者说他甚至不能给予她足够的爱。LM只身一人情愿承担一切：看护、爱恋、清理、烧火、买东西、缝扣子以及端上早饭、午饭，把凯瑟琳孩子般掷在地上的外衣捡起给她穿上。毫无疑问，集天才与病魔于一体的凯瑟琳既需要一个“妻子”，又需要一个丈夫。而LM便是那样的妻子，这和

毛里是她的丈夫一样真实；作为一个妻子，出自本能的袒护常使凯瑟琳动怒，然而在一九二二年凯瑟琳写给她道："尽管我没有任何表示，你要尽量相信并且一直相信我确实是爱你的，愿意你做我的妻子。"没有她，凯瑟琳·曼斯菲尔德甚至不可能写出她所写出的东西。科特连斯基称LM为凯瑟琳"独有的唯一的朋友"；某种程度上她容忍凯瑟琳过着两种生活——尽管两者都很短暂——那种燃烧着工作和爱情欲望的女人所需求的生活。这是一种非同寻常的友谊，它显示出从年轻热血时经过许多磨合与争执到最后相互接受的过程，在允许我们对此友谊过程进行探索的同时，我们可以体会到，贝克小姐仍在继续为她的朋友尽心。

当然很大的疑问在于为什么用"妻子"一词，而不是"母亲"一词。实际上LM所做的是一个母亲所为，但又出自于不同于母爱的那种爱，显然凯瑟琳对她的感情却表现得模棱两可。科特一直想要说明的是，LM常常表现得像是一个奴仆，受到的对待也像一个奴仆，然而她却从来没成为一个奴仆。她有自己的尊严，真正的自我和始终不渝的爱——这绝非寻常。

也许真实情况是毛里需要一个母亲。本质上讲，他是不能给予凯瑟琳·曼斯菲尔德所需要的护理照顾的。当她开始需要一个像护士一样的人来照料，再不能扮演一个母亲角色时，他们的婚姻便开始出现裂痕。如此一来，三重奏中所有的角色开始变位。毛里成了情人，当凯瑟琳·曼斯菲尔德感觉良好，需要约见情人，他便招之即来，而LM则成了凯瑟琳·曼斯菲尔德心目中的妻子，她需要这样一个人。从事专业工作的女人的确需要有妻子，许多人常以开玩笑的口吻提到此事。我们也见到过一些类似的同性恋的例子：我记起了格特鲁德·斯泰因[1]和艾丽斯·B.托克拉斯之间的关系。但作为一个从事专业工作的女人的妻子，她不仅要异乎寻常的无私忘我，同时还要有强大的自我以保持尊严——而托克拉斯只有在格特鲁德·斯泰因死后才真正展现出她自己的个性。

7月10日

昨天感觉十分疲倦，什么也没有做成。天气闷热，阴云密布，大有降雨之势。但最后乌云散去，只能自己用水浇园

1　格特鲁德·斯泰因（1874—1946），美国女作家、诗人，作品有小说《三个女人》《艾丽斯·B.托克拉斯自传》等。

圃了。一切都极为干燥；可园圃依然是鲜花盛开，蓝莹莹的飞燕草绽开，还有白百合花，此一处彼一处的玉蝉花，淡蓝色，或是紫色。这些玉蝉花种在谷仓附近的花坛里，那里我还播撒了从绿岛带回来的罂粟种子，这种罂粟开出的花有着奇特的蓝红花边。埃尔特以为这花种是鸟喙携播到此。这是我第一次设法把它们带至此地生长——这件事很令我兴奋，因为除了绿岛外，我从未在其他任何地方见过这种花。近日来玫瑰花由于多云开始变得萎缩。

精神不济时，一个人很难意识到像昨天那样的平淡无聊之日是怎样能使一个人恢复元气。先是像喷泉流尽干涸一样失望，接着是次日突然间的精神振作。今日我感觉精神集中、充满活力、心情愉悦，不仅写了长久以来我想写的一些信，而且还又一次把要出版的新书的所有诗歌过了一遍。我想这次这本书会成功，相较于《一颗芥种》，这部诗集辞藻华丽，充满对花卉、树木以及花叶明暗的描绘，其中大部分是爱情诗。

有些时候不顺的事似乎都碰在了一起。昨天没有一件事是顺利的。先是汽车出了毛病，然后（最不能忍受的！）打开电视收看新闻时，竟看不了。这电视机用了十三个年头，一直都挺好。一时冲动之下，急急赶到基恩商场买了一台新的。打开电视正赶上播放纪念路易斯·阿姆斯特朗[1]的悼词。倘若不是电视机出了毛病，我是不会错过那个无所不能的小号

---

1 路易斯·阿姆斯特朗（1901—1971），美国爵士乐小号演奏家，爵士乐曲作者和歌唱家。

吹出《圣路易丝布鲁斯》[1]的。他身上有着某种闪光的东西，是那样稀有，那是一种真正的欢乐。这在各类艺术家中极其罕见。而且，据我所见，那些能够如此且确实表达出这种欢乐的人往往又有着坎坷的经历。正因为这一点，所表现出的欢乐丝毫不给人以自鸣得意或自以为是的感觉，它所表现的是与人共享而不是拒人千里之外，是近乎一种祈祷祝愿的欢乐。

·

7月26日

回来已有两个星期。休息了几天，然后是客人来访或是我到别处去。干燥的天气仍在持续，可园圃很旺盛，尤其是在我设法早晨六点起来浇水一小时的情况下。这对根浅的一年生植物关系很大。此刻雪莉罂粟正在盛开——每天一早我都出去采十几枝娇美鲜艳的花进来，白的、粉的、深浅不一的红的，其透明的花瓣是我所见过的最美好之物。落下的花瓣摸上去又是那样柔软光滑。这些优美细腻的花朵在大多数花卉都变得暗淡、整个园圃杂草丛生的季节里真令人

1 《圣路易丝布鲁斯》，美国“布鲁斯之父”W. C.汉迪1914年创作的一首著名的爵士乐。

感到愉快。还有百合花也在绽开。壁炉台上插有很大一枝粉红的百合花，还有淡粉色的夹竹桃花及大鳍蓟花。外面厨房墙缘边种着的夹竹桃花和翠菊又一次被土拨鼠全吃光了。

去海边和X待了一星期，迫不及待地想回到绿树浓荫、独具特色的纳尔逊来。对出现在海边的富有阶层，就像近些日子在所有海边看到的一样，感到十分厌倦——遗憾的是这种变化发生在X在那里买了房子之后。它使我想起了克诺克——明暗映衬的天空下，盐沼地、沙丘、开阔的沙滩、阳伞，还有久远记忆中的孩子们做的游戏：堆沙堡，又舀起一桶桶海水浇垮沙堡，还有（有些事我忘记了）相互把对方用沙子埋起来。这一幕想来很可怕，孩子除了头部露出来，整个身体被重重的沙子掩埋着，动弹不得。

某种程度上讲这是一次不错的度假，然而从深处来说却是极为烦乱和令人困忧。这本日记始记于一年前九月份，记载了——但愿我没有提到过那些事情——我与X之间关系的持续下降。

8月3日

我母亲的生日。奇怪的是我一直未能描写过我的母亲，或者说写得太少。当我试着描写她时，就会不由得生起气来，这样一来，便不再记得什么，或者说对她的形象不再能有所表达：她优雅的举止是那样逼真，还有那朗朗的笑声（我们过去常常一起大笑，笑得眼泪都流了出来），到七十多岁时，她步伐依旧轻快，充满了热情，好像她在启程去做一件了不起的大事情，尽管有可能她就是去买鱼做晚饭。在我所有认识的人中，她是最热爱生活、懂得生活的人。这一点你可以从她对任何事物都充满好奇、观察和投入的关注这些方面看出来——一朵花、一只中国花瓶、我们喂养的美丽的银色猫咪，克劳蒂或乔治·萨藤，当他们面对面坐在花园里例行喝茶时。人们需要她时，她就像一盏灯，温暖明净，从不感情用事。政治上她显得激进直言，易动怒或是喜形于色，且异常地敢作敢为。几乎每一个人，甚至只见过我母亲一面的人都对她有着鲜明的记忆，好像见到她是一件值得纪念的事。埃莉诺·布莱尔经常对我提起她们第一次见面时的情景。当时我母亲手拿一束鲜花从楼梯上跑下来迎接她，因为这之前我告诉她那一天是埃莉诺·布莱尔的生日。而且许多自己不认识她的人也常常把她为贝尔格特时装公司设计的讨人喜爱的绣花衣饰叠好长期保存起来。那五彩绚丽的颜色：墨绿、橘黄，各种粉红、大红、蓝色依旧是那样光彩照人。人们对待她的信件也同样如此……这些年来在她去世后竟有那么多的小事情浮现在眼前。

所有这一切都显示出一个女人闪光丰富的生活的一面，也正是这个女人，一生都在与病魔抗争，经历了两次大的迁移，起初是从英国来到比利时嫁给我父亲，然后又在一九一六年作为难民全家从比利时迁至美国。尽管在交友方面她有着天赋，然而悲惨的是我母亲在经历了第二次迁移后，变得矜持寡言，从而使她不再有亲近的朋友。她不得不回到欧洲去寻找源头。当然，安妮·索普属于例外。这也就是为什么在比利时、瑞士、法国之间不断有书信往来的原因，这种书信往来成了一条真正的生命线。在美国我母亲一直是一个流亡者。

她生性慷慨，却几乎是在贫困线上挣扎着，直到她临逝世前的几年才算好一些。在金钱方面，我父亲属典型的中产阶级比利时人——许多年来我母亲并不知道他挣多少钱。他每月拨给她的生活费历来不太够用，而且从不与她讨论钱的事。所以她用自己教书、为贝尔格特时装公司做服装设计挣的钱，送我到夏令营，并支持我读完了书；也是用这些“微不足道的额外收入”，资助一户住在佛罗伦萨的白俄家庭，这家人是偶然引起她注意的——以及其他不计其数的生活必需品或是奢侈品。金钱，从一开始就一直是这桩婚姻中的伤痕，这伤痕既受到过毒害，同时也毒害他人。我想也许是因为我自己为钱吃了那么多苦，也从我母亲那多少个为付账而忧心忡忡、彻夜不眠的日子中懂得了许多，所以对钱很不在乎（至少以我父亲的标准来说是这样）。我认为钱应该像是食物作用于我一样，能赚也要会花，要给予，要让钱变成鲜花、书籍以及美好的东西，要让钱来帮助那些富有创造力和需要它的人们。钱只不过是钱而已，决不要计算它，不要让它闲置不用。大概我对钱的事说得太多，就像有人从小到大受到过性压抑，从而借讲一些近乎淫秽的笑话以示一种自由。

热带潮湿的天气一天接着一天，温度在华氏七十到九十度之间。由于潮湿，写作时不得不持续吹着电扇。X今天来了，令我感到黯然的是我们未能像我希望的那样带着我的橡皮船去游泳。我从未独自游过泳。带着橡皮船到湖里去可以使人有度假的感觉。

我感到心神不能很好地集中起来，松散浮躁。近来竟是这般闲散！为什么不可以度度假？然而除了些家务活别的什么也没做，我是不会有什么成就感的，也许是因为家务活不可能“一劳永逸”的缘故。最后我好像总是在急于忙完这些家务琐事，以便埋头于正经事情。

8月4日

庞鸥死了。方才我把它埋葬在谷仓边白玫瑰丛下。

自从二月的某一天我从廉价商店得到它后，至今已有两年半的时间，那时我觉得这屋里一定得有什么活物存在，因此把它买了回来。两年半来它一直那样开心地为我做伴，这以前每逢猫咪们和朱迪在坎布里奇一起过冬时，屋里实在是太过寂寞。有它在此，我可以因它而早起，揭开笼罩，它欢喜异常，快乐地发出高亢嘹亮的叫声迎接着晨光。然后即刻飞到窗台上，接着又跃至鸟笼外面的横杆上，从那面我附在窗玻璃上的镜子里欣赏着自己的形象。

但这几个星期以来，它一只眼上一直有个肿瘤。已去看过四次兽医。每次抱着它切除肿瘤时，它会在我手中扑打扭动着。每次我都确信它会康复。可是就在今天早晨做过手术后，它满身血渍，令人不忍目睹它卧在笼子里的样子，回到家后就死了。

此刻我掩埋了它，收起它的笼子及玩具，放在顶楼上。那间舒适自在的屋子的角落里显得空荡至极。它带走了那么多的气息……全身没有我的手掌大，每当我走过，它都会立起它那小脑袋，晚间我看电视节目时，它在甜甜地自言自语，它是那般自我满足、快活和无所畏惧！我带它第一次去看兽医时，因注射一针，它一只腿变瘸，再不能坐在那根横杆上。那一天整个上午它都试着向笼子上方爬，跌了下来，再向上爬，又跌了下来，米尔德蕾德和我在一旁着急而又束手无策地看着它。一点忙也帮不上。经过了两个半小时如此痛苦的奋斗后，它居然成功了！我悲哀至极，这并不可笑。它的死对我是一种毁灭，它给了我那么多的欢乐。

8月9日

近来日子飞也似的过去。马里恩·汉密尔顿来了，有些事情我得赶紧记下来，否则会很快忘记。最近几天这里进行着每逢这个季节都要做的一件大事情，因为沃纳家在大牧场上割草晾晒。第一个到场的人是开着那辆颠簸的旧卡车的海伦，车后拖着干草翻晒机，穿一身素净棉布连衣裙的海伦看上去很漂亮。不久我们便听到了中心池塘大道上的马蹄声。巴德每天都要把农场上的两匹马带过来，牵着走三英里。他配合着两匹马的步子，手中紧握一根缰绳牵着它们。身材矮小的他强健地以一条带子牵制，结实有力地迈步走在两头庞然大物后面。都来了，我的朋友们，沃纳一家人，每年都使这荒芜杂乱的牧场变得舒展齐整，开阔的景致一直延伸至草地尽头，那里有一排枫树。这活计不那么容易对付，因为高草覆盖下满是坚硬的花岗岩石。今年他们掘出十一个小黄蜂窝，危险得很。感谢上帝，除了一匹马外没有一个人被蜇。据我猜想，这一年是黄蜂年，它们的出现带有周期性。

巴德最先在地里大幅度地、上上下下地来回刈割，不时让马歇息一下，人和牲畜处于完美的和谐状态中。接着是海伦或是多丽丝（割晒干草三人组中的第三位）坐在高高的机座上进行耙拢，一个回合完毕时，杠杆拉了上来，老大一捆草压在一起，丢在车里，到第一天下午结束时，已有两三大卡车干草装进了谷仓。那像是叉有千斤重草的耙子在海伦手上起起落落，看上去是那样美。

主要的活儿做完后，仍要用长柄大镰刀在岩石、树木周围以及石墙边进行细致严谨的刈割。我总百看不厌地瞧着巴德舞弄镰刀，缓慢有节奏地割着参差不齐的黄花属植物、多毛金光菊和高草，镰刀过后再次显露出空疏、整齐和美观的形状。我不情愿看到花去花落，然而在这八月的日子里，最要紧的是拥有能够呼吸的空间。

中午时分我端出几罐凉茶、甜点，舒心地看着那些马停在树荫下，长尾巴甩来甩去驱撵苍蝇，一旁沃纳家人会在草地上吃着午餐。

比较起来这一切显得多么安静——悄然无声，每一个姿态动作都那样美妙悦目！试想倘若用机器来做又会怎么样？我想到了在这些割草晾晒的日子里他们那所有温和的声音——沃纳家人的声音，从来不因生气不满或是失去耐心而高声讲话，那行驶在土路上车盖发出的砰砰声，镰刀刈割的飒飒声，还有那辆旧卡车发出的隆隆声。“甜美、独特的乡村风景”——我很幸运看到了这最后一幕——在我死后、甚至在那之前我不会再看到的情景。时至今日，有谁能以这样的技艺和耐心，或者说是关切，用如此方法做如此之活计，且标准之高、工作之艰巨？

8月16日

当我一连几个星期无甚可记，持续这本独居日记简直是个玩笑！夏天去了吗？两三天前感觉起了变化，日光在变，天气骤然间转凉变得清爽，这说明秋天就要来了。除了几株姣好的百合花外，比如深红色的百合花，园圃里显得凄凉暗淡。醒来后脑海中一直萦绕着罗伯特·弗罗斯特的诗，最后一节是：

> 我可以把所有一切给予时间——除了
> 本身所拥有的我自己。
> 然而为什么要声称那违禁之物
> 在海关沉睡时我已安全过境。
> 此时我已身处彼地。
> 我将不会与我所拥有的一切分离。

但有一点是真正的剥夺，对此，这天上午我确信无疑，那就是不能再给予最爱的人自己拥有的天赋。那一个月里，X似乎不再接近我，令我最难受的是听我朗诵诗歌已不再有什么意义。天赋只能留在内心，不能再给予，变成了沉重的负担，有时甚至成了一种侵蚀心灵的毒素，就好像是生活之流被阻截了回来。

马里恩·汉密尔顿和我一起度过了丰富有趣的一周，

这期间我们做了两件不同的大事情。我们去缅因看那所房子，我准备一两年内搬去那里。这仅仅是我第二次看到它，第一次是在四月一个阴冷灰暗的上午。这次是在夏日，那一天阳光明媚，不太热。从树林里走出，眼前的景致让人屏息神往：金色的田野在眼前铺展开来，灿烂夺目，波浪起伏，几条小路延伸至大海边，大海蔚蓝蔚蓝的，蓝得令人目眩。多么开阔、壮观！

因工人们在那里修整，这一次所有的窗子都敞开着，旧房子自己在欢迎着我们。当我进出一间间空屋时，我感觉我会愉快地住在这些房间里，尤其是我已决定用三楼做我的工作室。第一次看房时，我像一只猫似的转来转去企图寻找一席可以蜷缩之地，一处蔽身之所。看来哪间都不如那间木板建的、有檐的屋子做书房最合适。

第二件事情是一次愉快的野餐，阿派因·格罗夫宴会服务公司承办的希尔斯博罗县民主党野餐会。高高的白松树下支起些桌子，前面是宽阔的场地。麦戈文、伯奇·贝赫以及杰克逊被宣布为发言人。我们带着劳丽·阿姆斯特朗一行三人前往，为民主党的安排所感动，整个聚会随意自在，富有人情味，讲话者站在人群当中（没有讲台），然后又走向坐在桌子旁边的人们。这情景给我印象之深，使你觉得一个人在这类场合下要比在电视上富有内涵得多。我看到伯奇·贝赫意识到有新闻记者在场，为了讨取公众欢心，便热切地接近孩童和动物，我立即匆匆记下他。麦戈文，他的演讲有力而富有幽默感，毫无旁敲侧击之意，显然他对每个前来向他提问或是对他讲话的人关切地聆听着。他的整个讲演真实可信。而另外两位就不是这样。杰克逊是靠着约翰·肯尼迪而得到提携,有一双狡猾的小眼睛。

8月27日

我最终不得不承认我原以为是疲劳而置之不理的不适实际上是病毒感染,近来一直吃抗生素,也许能把胸腔发炎治好,可它的确又是一种抑制剂,致使我这些日子情绪低落,烦躁不安。我期盼了好长时间等待这个星期的到来——长期以来这是第一个没有客人的星期——一直未能工作使我恼怒。园圃在等着我去收拾——我讨厌朝外望去,有那么多事情在等着我去做。到处都是丛生的杂草,一切都需要修剪。蝴蝶花需要砍劈分开。那个野猫家庭无所不食——四只小猫和它们的猫妈妈。每一只小猫都像是猫咪中的样本(一只豹猫,一只黑猫,一只带有斑纹,另一只是橘子酱色)。冬天时它们又会怎么样?此时此刻就像过去好多时候一样,住在此地成了我心中沉重的负担,我真想掩上门跑到别的什么地方去,哪怕是一个旅馆,在那里我可以不必考虑扫地做饭什么的。所有的一切都干燥至极。今天看上去终于要下雨了。灰蒙蒙的天空令我欢喜。

昨天收到一封来自C的信，写得极为出色。C独自住在法国普罗旺斯的农庄上已两个月了。她的信带给我很大安慰，甚至像她那样富有且有很深的宗教信仰的人，也这样来述说独居：

> 我最好的独居体验是它有着不稳定的特点——时而高昂亢奋，时而沮丧低落，要不就是让人处于如饥似渴的状态持续不断地等待着那不会发生的事情……而一个人不得不独自做一切又是多么的讨厌！另外还要做饭吃饭！让我把独居说得更确切一些：有那么一个月，住在这里的农民妻子进了养老院。她丈夫又整天在离这儿很远的地方工作。我既无电话又无交通工具——一位住在山脚下的善良的邻居死了——一对善良的年轻农民夫妇搬迁到离这儿好几英里以外的一个村庄里去了。我已习惯于“考虑意外事件”，习惯于将独居当成一种必然，就是说倘若我要独居，我是不会求别人来帮助我——因而上面所说的那些事情的发生，足以令我悟出我们人类本身是多么软弱无能。

这封信对我起了巨大作用，因为每一次我在此生病（尽管我有电话，而且亲密的米尔德蕾德就住在草地那边），我总觉得像被人遗弃了一般。早在很久以前我就懂得，一个没有家庭的人，即便只是患一些普通小病，也必须认真去医院治疗；任何使我卧床不起的病，哪怕是短时间的，我也要求住进医院。没有什么是安全牢靠的，但奇怪的是就我而言又总是这样。也许因为生病和实际时间没有关系。只有那么一天我什么也不能做，只能是躺着，甚至阅读也无法带来乐趣，看电视令我两眼发酸……那一天觉得像是时间的永恒。

C有八十多岁，况且她所描述的孤独程度比我在这里所体验的更为强烈。我可以随时出去，开车到什么地方去，还可以打电话。正如汉尼尔·朗在一首诗里对我们伟大而又脆弱的城市的描绘：

继续活下去我可以回忆时间
当我们，但愿只是在电话上，
成了光线相互追踪
一个又一个，被光线来回答，
我们在跟隐身人说话。

假使晚上没有电视新闻节目，那我又会怎么样？它不仅仅使我密切关注目前发生了什么，而且同样也使我看到人的出现，这对整天独自一人的我成了一种必不可少的生活需求。

毫无疑问，独居是一种挑战，要在这期间保持一种平衡不能说没有问题。然而我决不可以否认的是，对我自己而言，和人们在一起，哪怕是和一个我最爱的人一起待上一段时间而没有自己独处的时间时，事情就会变得更糟。我失去了自己的重心，感到混乱不堪、无所适从。我一定得有自己独处的时刻，好去仔细咀嚼所有发生的事情，去汲取精华、本质，去了解其结果对我所起的真正作用。

马恩走了后安妮·伍德森来住了几天。这几天对我们之间正在加深的友谊是一种很好的考验，我们一起体验休息、松弛，得到滋养。安妮在那间大房间里支起她的画架作画，我在修改我的诗歌。我们一起用餐，在门廊下安静地聊天，早早上床就寝，事实证明我们是可以幸福、充实地生活在一起的。

这段时间很美好，最后一天我们开车去缅因，第一次在礁石海滨进行野餐。玛丽·莉带去了龙虾、沙拉以及葡萄酒。想到两年后等待我的美好前景，我不禁高兴得发狂。每一次看到那所房子，我都觉得我能"驯服"它，它会为我所用。然而唯一使我感到害怕的是，像我这样一头老浣熊，这房子未免有点太宽绰。它会怎样改变我的生活准则还有待于去体验，但至少（以纯实用观念来看）有地方储放诸多东西真是再好不过——这是我在此处最缺乏的。当然这并不重要，那延伸至大海边的金色牧草地的壮观景致才是重要的。想到此，我不由得有点得意忘形。

8月29日

骤雨过后走进花园是多么美妙！这是一阵小飓风带来的，降雨有三英寸。整个世界看上去清新纯美。无疑园圃遭到了毁坏，但花一小时时间用棍桩支一下，并不是不可以挽救的。这天早晨我采摘了百日菊和大波斯菊摆在室内。

抗生素很见效，我感觉好多了，又来了精神，虽说还没到可以作诗的程度。对突然出现的来访我很是愉快，昨天和几位朋友一道吃午餐和晚餐，星期天还有一位朋友前来一起吃晚餐。昨日我甚至还清洗了银餐具。

两位年轻人来吃午餐，其中一位我已和他通信来往有一段时间了。T和J来时抱着一大束鲜花，还带来两张唱片，我们谈了好长时间，之后他们带我出去吃饭。坦白地说，这对我是一种恩惠，这意味着我们可以坐在壁炉边聊天，省去了我手忙脚乱地做饭。J希望进入僧侣界（两人都是天主教徒），他们一直在“四方打听”一所隐修院，正像听好些人说“四方打听”一位精神病医生那样。这牵涉一个终身义务的问题，因此寻找本身是一件严肃艰险的事。面对一个英俊的年轻人，漂亮又聪明，但尚不坚强，一个人不免要思量，这种想过修道院敛心默祷生活的愿望是否出于一种浪漫，甚至出于一种自我陶醉的心态。在我们谈话之后，我可以理解为什么僧侣界把进入修道院和留在那里搞得那么难。修道的素养要经过严格的考验，申请人甚至于要忍受长期的质疑和枯燥乏味，然后才能决定是否被承认。

我贸然地问他们这样一个问题。我问他们是不是我错了，如果我认为在美国天主教社会里实际上牧师分有等级，对外却遵循基督所说："你对那些卑微之人不仁义便是对我不仁不义。"自然我想到了修女玛丽·大卫，想到了内蒙·奥戈尔曼，多萝西·戴……以及其他许多人。但J想成为一位修道士，而T则想做一名哲学家。为什么对有那么一类人，那些熟悉所有要人、乘坐庞大的黑色福特水星轿车、衣冠楚楚的人我总是有点怀疑？看来我，一个无信仰者，希望笃信宗教之人是苦行僧的想法是不切实际的。可我也不会自称基督教徒，因为我相信做一个基督徒需要放弃所有物质贪欲，要完全投身于那些饥饿贫穷、病困年老之人或是无依无靠的孩童。西蒙娜·薇依，尽管没有尽她最后的努力，却已接近我心目中理想的人物。我送给T一本雅克·凯保德写的自传，不知他会有什么样的感想。她没什么魅力，抛弃了自身所有的优越条件做了她所做到的，不惜付出自己的健康和本能的存在，甚至于希望爱与被爱的巨大代价。T证明了他是有能力影响他人的男人，他认为自己永远是服务于上帝的工具。这很感人，但却十分幼稚……有点幼稚的骄傲。我也许不适当地受了我和另外一个男人友谊的影响，他想成为一个神父，进了一所又一所的神学院……我有充分的理由确信这一点。然而我所担心的是一种精神上的自负，从不同角度上这些男人使我想起了那些理想主义女人，这些女人绝不可能长久待在委员会里，因为她们总认为自己懂得最多，总认为委员会不够“纯”，她们不能够接受妥协。

与此相对我要陈述一段荣格写的文章，最近几个星期以来我把它重读了好几遍。某种程度上也是对那些实实在在选择修道院敛心默祷生活的男人们的一种道歉。它为拥有此种素质的人做了很好的辩解。

> 如果你可以想象，有人可以勇敢得把所有的投射都收回来，那么此人一定意识到了一个非常明显的阴影。这样的人面对的是新的问题和冲突。他成了自己最严重的问题，这是因为他不可能再说他们做这或者做那，他们错了，必须要有人和他们进行战斗。他居住在“聚会之所”。这样的人知道世界上不论有什么样的过错均存在于他自己身上，只要他学会处理自己的阴影，那么他就为这个世界做了一点真正的事情。面对我们当今未能解决的非常棘手的社会问题，他至少担负了其中微小的一部分。

9月11日

心境极为苦恼，很多日子没有自己独处的时候，长久得不到一个空间。然而却发生了一些奇妙无比的事情，现在把它们记下来。两天前的晚上，经过很疯狂的一天后，天黑时朱迪和我（她在这里住一星期）外出在草地周围漫步，没想到我们看到了头顶上方星光灿烂的天空，这在几个星期里是不曾看见过的。骤然间湿润的空气变得清新了。银河在我们上方流动，一颗硕大明亮的行星悬在山头上。但最为美好的是穿过树叶翘望天空中群星闪烁，这景致很难得，因为夏夜如此清澈明净的天空不常出现。由此我联想到了树叶落去的秋天的天空。

有两个月我未能和朱迪在一起了，此时我们又在一起使我非常感动。我开始明白这些日子她看似心不在焉，对一些琐事忘性渐增，实际上她在默默地认识内心深处的自己，透过表面她的心灵放射出静静的、强烈的光芒。尽管自退休后某种程度上她过着一种清贫的生活，可她几乎每天都在说“我总是这样幸运”，对她所有的一切感到心满意足。不错，在她身后有一个传统、可以想见的仁爱善良的家庭。我对朱迪家庭的善良美好有着极为深刻的印象，他们之间相互帮助，识趣得体，不会让人感到过分。如今，朴素的仁爱善良是多么的少见，想到此处，不由得感到震惊。

这星期我们庆祝了朱迪七十三岁生日。我在一只整鸡里填塞了作料，劳丽过来和我们一起分享。朱迪和我是近三十年的朋友了。

9月15日

近来遇到些不同的冲突，心中总是萦绕着几年前巴兹尔·德·塞林科特对我说的话："你们美国人给予的太多了。"我们常常是多么麻木，给予也许实际上是想得到，至少是想得到别人对自己的关注。无疑我自己在这方面是有过失的。这类以自私为缘由的给予经常又以困扰、甚至于反诘来告终："我给了你这么多，为什么你不做反应或回报？"也就是说："我是如此这般爱你，为什么你不能爱我？"最近不知有多少次我只梦想隐身而去，起一个新名字，在一个没有人认识我或在乎我的地方住下来，我痛苦是因为我太知道有些人把他们的需求投射在我的身上（经常是我从未见过的人把我当成一个亲密的朋友，向我倾诉他们的生活，想当然地认为我必须把他们的事放在心上）。我自己也有过错，我也过多给予了别人。我出于同情和内疚表现出的关爱——只能使事情变得更糟——造成了一种幻觉。到最后成了一切都归咎在我身上——伤人心的责问："你既然不准备接纳我进入你的生活，为什么要回应我？"

许多年前，在弗吉尼亚·伍尔夫自杀后我做了一个很逼真的梦。梦中我看见她走在一条从未见过的、陌生的小镇街道上，不知为什么我认为她根本没有自杀，只不过要隐身匿名起来，隐藏原来众所周知的自己，重新开始生活。

昨晚我重新浏览新版《岁月之桥》，就是想知道二十五年后它的味道如何。还算不错，尽管我现在不会再那样写了。我已压缩了我的风格。近年来它不再明显地带有"诗情"。我对保罗这句话留有极为深刻的印象："去学会很好地爱一个人需要经过漫长的时间，甚至要用一生的时间才能办到——保持足够的距离，拥有适宜的谦卑。"他这样认为。

昨天朱迪和我就这件与Z有关的事谈了起来，此人近来实在是那样讨厌难缠。也许我们可以送给另外一个人最伟大的礼物——超脱。依恋，哪怕设想中不含自私的成分，总归要给另一个人带来负担。怎样才能学会在平淡无形、不给别人施加压力的情况下去爱一个人呢？简·多米尼克在她生命旅程的最后时刻做到了这一点；自然伊迪丝·肯尼迪多年以前也曾对我透露过这种非同一般的能力，她要应酬各类朋友，要应付由她而引起的热烈爱慕。

难道因我而导致一种我不能应付和不愿接纳的狂热恋情是我的过错吗？也许巴兹尔是对的。大概我给予得太多，也不得法。部分原因是我常常需要太多——需要得到我所爱过的人不愿或者不能给予我的——以致我执意要设法去回应别人的情感。丽贝卡·韦斯特说过:"毋庸置疑,我们每一个人既是贫困赤裸的无家可归者,又是仁爱会的善良修女,后者如果没有那些她可以供给衣食住宿的人们,就会显得冷落孤独,这两者之间不可以相互满足。这是一条既成规则,其内涵使得事情更加难办。如此一来,他们定要在身外寻觅一位陌生人,对仁爱会的善良修女,贫困赤裸的无家可归者可奉上他的玫瑰花,对贫困赤裸无家可归者,仁爱会的善良修女可施予她的悲悯。"

所有这些"情人"不可思议的影响并没有使我感到充实丰富,倒使我觉得自己平庸俗气,因为居然是我自己提出了如此孩子般的问题:"难道我给你的还不够吗?为什么你不能让我安安静静地工作?"内心的烦忧越来越甚,到最后一气之下我把所有努力的成果都毁了。这样做未免有点残酷。

我从我的一位朋友身上看到一种消极等待,她是一位精神病学家,很内向,不轻易表露自己,纯粹是默然接纳情感的容器。当她倾听时,我可以看到她的手非常安静地搁在她的大腿上。

9月16日

我仍然被Z的问题搞得心烦意乱、苦恼不堪，脑海里始终摆脱不了它。我自己的经验告诉我，一旦想象总围绕着另外一个人转（用斯汤达的形象说法），此人的形象也就是自然而然清晰地呈现出来。想象本身不需要什么回应，这对感受如此强烈的人是很大的回报。既然如此，何不尽人之所能？

三年里我只见过Z三次，我在异地尽可能给予她支持帮助，尽可能从一个无害的诗人角度对她的诗才给予鼓励。然而我觉得这诗才开始变得可疑，因为在读Z的诗时，我有一种奇怪的感觉，即我在被仿效着。这些诗我自己可以作出来。从那时起我开始明白这个不知足、贪得无厌的人想必是连篇累牍地写信，满纸咬文嚼字，密密麻麻、不厌其烦地表白她自己是我奇异风格的再现。我错就错在过分给予；我也想到我之所以给予是因为我努力希望得到别人的重视。正因为对这一点我有所认识，我才既善良又时有警觉，被生活中出现的这一我并不欢迎、被刻意强加的人物搞得烦恼不堪，以至到最后我必须要面对我自己造成的、被夸张扭曲的过错时，嫌恶感便由此产生。在运用语言这个问题上我学会了掌握某些分寸与原则。一个人越是想要表达，语言也就越显得危险。为了能实事求是，就要尽可能地准确慎重。可Z——比我年轻好多——却还未学会掌握这一原则。她滥用感情，结果一朵芬芳之葩尚未成形就已落地归根，造成浪费，而不会带来丰饶。

心中萦绕着一位精神病学家对我说过的话，许多年前为了另外诸如此类的问题我去和她闲聊。她在布兰德洛夫作家会议中听过我讲学，她说："人们想要成为你，当他们发现不可能成为你时，他们就要毁灭你。"荒唐可笑的是我自觉害怕Z。我害怕她，因为我不能接纳她进入我的生活，甚至和她保持一段距离她都会耗费我不情愿付出的时间和精力。什么时候才有个完？

经过一个凌乱的夏天后，我明白我得把心神集中起来开始工作。否则我便会觉得成了一部机器，倘若填塞得太满，就会卡在那里，不能再对什么进行处理了。这部机器，我自己，生理上的症状表现为恶心厌恶。我要把别人让我装进去消化的东西呕吐出来。

这些日子的背景中一直是Z，前方则是那野猫。它生了四只活泼的小猫咪，已有几周大了，可它又怀了孕。我摸不得、抓不得，也没法接近它。我拿出去几碟牛奶和食物给整个猫家族，放在花园里一丛灌木下。再过两个月将会有更多的小猫，那时这四只小猫几乎长大，开始生育。一天半夜里我从噩梦中醒来，梦里看到成千上万只猫、小猫，成倍地不停繁衍着……一场噩梦。不得已我开始下决心，下这决心并不容易，我给人道协会打了电话。五天前他们来设法抓到了那群橘黄色成年猫儿子中的一只，自然野猫妈妈当即跑掉了。我对前来的那位和蔼男士讲了出现的麻烦，他建议把一只大笼子在门廊上搁上几天，逐渐驯化那只野猫和小猫咪们在笼里进食。这以后某天可怕的上午，我打算关上笼门叫他来捉走它们。从那时起每天早晨五点钟我都要醒来，感到厄运就在前面。我的确有一次设法把猫全家弄进了笼里，但事有不巧，那人正好那天没去上班，我只好敞开笼子让它们去了。事情又得重新做起。昨天那只野猫那样可怕地瞧着我，猫嘴唇恐惧地半咧着。一冬天我遇到的都是它那样安详迷人的注视，整个冬天在我们之间建立的是一种信赖，现在我就要背叛这信赖了。它饥饿至极，最后和那只橘黄小猫一起进了笼里，我猛的一下把笼门关上。

顷刻间它和小猫折腾起来。上蹿下跳，恐怖地一阵大闹。我惊慌失措地跑进了屋里。给人道协会打了电话，一小时后那人来了，带走了它们。做了这事以后我又怎么能忍心活下去？我是不得已的。这事会在我心里埋伏着，我会带着它，直到我死去。我背叛了信赖我的动物。

如果说我对那只野猫是不会忘记的话，那么我也将不会忘记那位男士的仁慈之心。他看到我那样心情不好，便十分体贴实在地安慰我，使我安定下来。他说对于猫妈妈一切将很快结束，而且答应我要给它的小猫找到一户人家。我再也经不起这创伤，把其余三只小猫留了下来，我会驯服它们，到时会给它们做去势手术。我给它们各起了名字——黑猫叫皮尔罗，有斑纹的叫布兰波，那只豹猫叫贝尔-加佐。到了冬天，我也许能把它们驯化得可以进来和我一同就寝。

9月30日

我一直安详沉默，美好的秋光来临，内心世界开始起了变化。直至目前尚未出现毁灭性的霜冻，但有两次我醒来后看到牧草地成了银白色。由于花园靠近房子，且有遮挡，因此仍有百日菊和大波斯菊可供采撷，尽管拿到室内后它们很快就凋谢了。此刻绚丽娇美的是秋天的番红花，沿着前缘边界正开得灿烂，上面是淡紫色的翠菊，一片美丽的点缀，否则，园子会显得很荒芜。四月间花岗岩石阶上开的一簇雪花莲，后来变成了一长串，此刻生命已将近尽头。当然光线现在开始由下向上移动，从花坛移到上方的树叶——山毛榉树是藏红花的黄色，枫树呈朱红色和橘色，一层层的大片透明色彩，形成绚烂的彩色波纹衬着蔚蓝的天空。

整个夏天我一直踌躇不定，下不了决心，现在这个决心慢慢成熟了，是该和X断绝关系的时候了。这本日记始于一年前，记述了失望、抑郁，对自己危险且具有毁灭性的脾气进行了很多的自我审问，希望自省会使自己改变。我尽了很大努力去遏制，有时很奏效。然而有些问题在我和X之间不可能得到解决，我们不仅仅是性格气质上有冲突，同时也对基本的价值，对生活本身的看法上有冲突。也有可能我们都快六十岁了，职业差异扭曲了我们的个性，显示出我们个人能力的另一面。生气的原因常常是孩子气的，或是毫无道理的，结果由于我们不能谅解对方而各自感到灰心绝望，但事实上我们谁也没有那种给予必要容忍的度量。热烈的相爱也不能使我们做到这一点。最初一年里，我们之间格外满足、美好、成熟，然而从另一层面上讲我们却缺少理解的基础，也没有时间去建立这种理解。到最后我们谁也不肯认输，这正是悲剧之所在。不用问，我们各自都认为遭到了对方非难，被对方误解，因而我们便开始冷落对方。

断绝关系最初觉得是一种解脱。但几天后我就病倒了，觉得像血一样重要的东西正从我的体内流出。恶心……眼泪。

现在我开始不时得到一种提醒，提醒我该回到自我的深处了。这个自我由于一直处于过于沉浸和过于挣扎的状态，已有好长时间缺少灵气。那个自我告诉我，我命中注定要孤独生活，命中注定要为别人写诗——这些诗在我生活中很少抵达那一个我为之而作的人。

昨天把手稿《不灭之火》寄到诺顿出版社。在开始写这些诗时，我梦想它是一本充满欢乐、倾诉充实与幸福的书，可以用以庆贺我的六十岁生日。但最后一次再读它时，我清楚地看出它是一本伤感的书。分离的种子从一开始就种下了。这正是诗歌的神秘之处，作品本身要比作者更为成熟，它永远是未来发展的信使。也许我们是从现在出发朝着我们将来发展的方向去写的。此书大概或多或少有我自己的构想，然而没有X所给予我的一切，以及，就此而言，没有我们之间所缺少的，这本书是不可能写出来的。

多少个星期以来这还是第一个“纳尔逊假日”，这一天我可以待在家里，安静地坐在书桌旁工作，前面没有约会在逼近。这一天我可以在工作之余得到休息，下午可以收拾花园。又一次只有这房子和我在一起了。

图书在版编目（CIP）数据

独居日记 /（美）梅·萨藤著；杨国华译. —南京：译林出版社，2018.8（2026.2重印）

书名原文：Journal of a Solitude

ISBN 978-7-5447-7424-6

Ⅰ. ①独…　Ⅱ. ①梅…　②杨…　Ⅲ. ①日记－作品集－美国－现代　Ⅳ. ①I712.65

中国版本图书馆 CIP 数据核字（2018）第 134023 号

著作权合同登记号　图字：10-2017-526 号

独居日记　［美国］梅·萨藤 / 著　杨国华 / 译

责任编辑　李浩瑜　宗育忍
装帧设计　胡　苨
校　　对　张　堃
责任印制　颜　亮

原文出版　Norton, 1992
出版发行　译林出版社
地　　址　南京市湖南路 1 号 A 楼
邮　　箱　yilin@yilin.com
网　　址　www.yilin.com
市场热线　025-86633278
排　　版　南京展望文化发展有限公司
印　　刷　苏州市越洋印刷有限公司
开　　本　850 毫米 ×1168 毫米　1/32
印　　张　6.375
插　　页　4
版　　次　2018 年 8 月第 1 版
印　　次　2026 年 2 月第 14 次印刷
书　　号　ISBN 978-7-5447-7424-6
定　　价　56.00 元